Oscar Müller
Meine Tante Mechthild

Die nettesten Geschichten
aus dem Fröhlichen Feierabend.

Aufgeschrieben von
Gisela Zimber

BLEICHER VERLAG

Die Deutsche Bibliothek – CIP-Einheitsaufnahme

Müller, Oscar:
Meine Tante Mechthild : die nettesten Geschichten aus dem
Fröhlichen Feierabend / Oscar Müller. Aufgeschr. von
Gisela Zimber. – 6. Aufl. – Gerlingen : Bleicher, 1996
ISBN 3-88350-387-8

© 1984 bei Bleicher Verlag, Gerlingen
6. Auflage 1996
Alle Rechte vorbehalten.
Herstellung: Maisch + Queck, Gerlingen
Umschlag: Buchgestaltung Reichert, Stuttgart
ISBN 3-88350-387-8

Vorwort

Ich kenne beide – Oscar Müller und seine Tante Mechthild – und bin jedesmal erfreut, wenn ich etwas von ihnen höre. Dies geschieht meistens, wenn ich an einem Freitagabend mit dem Auto noch zu irgendeinem Termin unterwegs bin und das Autoradio eingeschaltet habe.

Mit Schmunzeln erfahre ich dann wieder eine neue Geschichte von dieser »Perle« einer Tante, welche die Kindheit ihres Neffen durch ihre Philosophie und Pädagogik so stark beeinflußt hat. Bei näherem Überlegen wird mancher in seiner Familie so eine Tante finden, auch wenn sie nicht gerade Mechthild heißt.

Diesem Buch wünsche ich viel Erfolg und vor allem wünsche ich den »Kindern« von heute so eine Tante wie diese Tante Mechthild.

Annemarie Piesinger

Pietät

Man möge es mir nachträglich verzeihen, daß ich als kleiner Bue mit siebe Jahr no net gwißt hab, was »Pietät« isch. Aber dafür hab ich auch bis heut net vergesse, warum meine Tante Mechthild emal gsagt hat, ich hätt' keine. Also keine Pietät.

An Allerheiligen wars, wo i morgens bruttelt hab: »*Den* Feiertag kann i überhaupt net leide! Der isch bloß langweilig, und gschenkt kriegt mr au nex! Ostern, Weihnachten und mein Geburtstag isch mir viel lieber. Und an Fasnet gibts wenigstens Küchle!«

Fassungslos hat mei Tante Mechthild ihr frisch ondulierte Kopf gschüttelt: »Was soll bloß aus dem Oskarle mal werde?! Der Bue hat kein Herz und kei Seel im Leib! Überhaupt keine Pietät! Der wills au an Allerheilige no luschtig, der Erdefetz!«

Lustig wars nie an Allerheiligen. Neblig und kalt wars immer, und meistens hats au no gregnet. Deswege hat mr lange Strümpf anzieage müsse, wollene, selber gestrickte. Und die habet kratzt und oim g'juckt henter de Knie. Zwische de Zehe au. Obe, an de Schenkel, hab i immer so knallrote Flecke kriegt, weil da die saudomme Gummistrapser geriebe habet. Aber an dene und an zwei Knöpfle war ja die ganz Gschicht aufghängt.

Hätt ich früher schon geahnt, daß es später einmal so bequeme Strumpfhose gebe wird, hätt i garantiert zum Klapperstorch gsagt: »Tu a bissle langsam! Breng mich erscht meiner Mamme, wenn Kender keine so wollene Strümpf mehr anziehe müsset, wo so elend beisset!«

Immer am 1. November, also an Allerheiligen, ben ich rausputzt worde wie ein Pfingstochse. Net wege dr Pietät, sondern wege dr Verwandtschaft. Damit die ja älle saget: »Guck au, wie des Oskarle wieder schee anzoge isch!«

Ganz grauslich waret die schwarze Lackschühle. Entweder habet die hente gschlappt oder vorne druckt. Die sind nämlich auf Zuwachs kauft worde, habet mindestens zwei Jahr halte müsse. Und weil mr die bloß am Sonntag hat trage dürfe, send die immer stoibockelhart bliebe. Mein Sonntagsmäntele hat keine Tasche ghett, bloß ein gstärktes, weißes Krägele. Tante Mechthild hat nämlich kategorisch behauptet, daß Tasche unnötig wäret, weil kleine Bube bloß ihr Händ oder dummes Zeugs neistopfe wellet. Ich hab mich in dieser Montur immer so wohl gefühlt, wie ein Karpfen im Hechtteich. Aber dort hätt' mich wenigstens mei Tante Mechthild net weiter traktiere könne: »Oskarle, haschst auch ein sauberes Taschentuch? Mit einem dreckete kann mer net auf de Friedhof gehe! Und sei ja schee brav und tu net wieder pfeife ond rumhopfe! Und mit em Astridle und em Eberhardle wird fei net rumbuebelt. Des ghört sich nicht aufm Friedhof!«

Dort hat sich dann immer die ganze Verwandtschaft troffe. Meistens unter Schirmen. Älle habet sich Mühe gebe, ganz arg traurig zu gucke. Laut gschwätzt hat koiner, bloß so geflüstert, ernst und langsam. Mir Kinder habet natürlich erst recht koi Sterbeswörtle sage dürfe. Bloß so dumm umananderstehe und ab und zu mit dr Gießkann Wasser am Brunnen hole. Dabei hätt mer ganz prima Verstekkerles henter dene große Grabstein spiele könne. Aber mr hat no net emale mit em Absatz im Kiesweg rumbohre dürfe.

Oimal hat mir beim Wasserhole dr Eberhard, also mein Vetter, ganz leis gsagt, daß er einen Luftballon zum Aufblase in dr Hosetasch hätt. Ob ich mich traue tät, er tät sich net. Aber es gäb' doch eine Mordsgaude, wenn mr den Denger knalle läßt, und bestimmt tätet älle arg verschrecke. Aus Versehe hab i e bißle laut glacht und scho hat mei Tante Mechthild zischt:

»Oskarle, aufm Friedhof gibts nex zum Lache!« Hab ichs halt bleibe lasse und mich saumäßig gärgert wegem Astridle, meim Bäsle, weil die gsagt hat, daß ich ein ganz großer Feigling sei. Gleich drauf hat mir die Tante Mechthild ein Astern-Sträußle in die Händ

druckt: »Des legscht deinem Onkel Gustav aufs Grab!«
»Warum?« – hab i trotzig gfragt.
»Weil sichs so gehört, Oskar!«
»Aber i kenn den doch gar net!« – hab i gmault und die Astern mit sehr viel Schwung ins Efeu befördert. Einen Schreier hat die Tante Mechthild losglasse; ich hör den heut noch:
»Was bischt Du für ein ungezogener Kerle, Lausbue elender! Kei bißle Pietät! No net emale was onter de Fengernagel geht. Heilandsack, so wiascht sei, und au no aufm Friedhof!«
Mei Mamme isch zammezuckt, weil der Vorwurf ja au ihr golte hat. Der Gustav wär mein gestorbener Großonkel, hat se mir leis erklärt, und daß der mal Feuerwehrhauptmann gwese sei. Na hat mers leid do, weil des bestimmt ein Pfundskerle gewese sei muß. Mit dem hätt ich mich bestimmt prima verstande. Feuerwehrhauptmann isch schließlich ebbes. Meine andere Vorfahre waret nämlich meischtens bloß Lehrer oder Pfarrer. Mit sellem Gustav wärs bestimmt net so langweilig gewese an Allerheilige aufm Friedhof. Der hätt sich garantiert traut, sei Zigärrle zu rauche und net wie mein Vatter kloi beizugebe, wie Tante Mechthild wie eine Fuchtel auf ihn losgange isch: »Koi Wunder, wenn Kender so send! Wenn dr Babbe als Vorbild sich e Zigärrle in d'

Gosche steckt!« Mein Vatter hat dann ebbes von kalte Händ gsagt, und daß er sich die hätt wärme welle. Sei Zigärrle hat er brav ausgmacht ghabt und sich kaum traut, mir zuzublinsle. Aber au bloß so hehlinge. Die Tante Mechthild hat halt 's Regiment gführt, und des war bestimmt nicht zu meinem Schaden. Arg lieb hat se einen in dr Arm nehme könne. Älles, fast älles hat mer ihr beichte könne, vor allem abends vorm Gut-Nacht-Küßle. Da war se bsonders butterweich, bloß ufm Friedhof halt e »Elende Schindmärre«... wie mei Babbe emal gsagt hat, so henterum zu meiner Mamme. Aber i habs trotzdem ghört. Mindestens stundenlang hat die ganze »Mischbooke« – (so hat mein Opa die Verwandtschaft betitelt) – an Allerheiligen durch de Friedhof dappe müsse. Vornedraus die Tante Mechthild mit ihrer Pietät, wo sie mir hat beibringe welle.

Ich hab damals ehrlich nex mit anfange könne. Hab doch noch älle ghett, wo i braucht und wo i gern ghabt hab. Mei Mutter, mein Vatter, die Oma und de Opa und mei Tante Mechthild. Für mich war die Welt damals noch in Ordnung. Warum die andere sich mit em Taschetüchle schnell ein paar Tränle abtupfet und Astern auf e Grab leget, hab ich net kapiert. Ehrlich interessiert hätt mich bloß der Feuerwehrhauptmann, aber grad der war leider schon gstorbe.

Wegen der Pietät hab i mir natürlich au Gedanke gmacht, aber so richtig zurecht komme ben i halt net. Weil die ganze Verwandtschaft nämlich immer hörbar aufgeatmet hat, wenn dr Opa endlich verkündete: »So, und jetzt ganget mer was trinke!« Älle habet aufm Absatz kehrt gmacht und sind wie die Salzmänner henterm Opa her. Die Fraue au. Laut gschwätzt habet se wieder über ihre neue Hüt und Herbschtkostümle, und wieviel die koschtet habet. In dr Wirtschaft hats keinem schnell gnug gehe könne, bis er sei Bier oder sei Viertele hat schlotze derfe. Und gveschpert habet die, und sich gfreut und glacht! Eine Mordstimmung hats bald gebe, wie aufm Volksfescht. Mir hat des natürlich schon gfalle, weil i einen Zitronensprudel kriegt hab und eine ganze halbe Portion Hausmacher-Wurscht. Die Große habet dann fescht weitertrunke und sich Witz verzählt. Mir Kinder habet mit de Bierdeckel Häusle baut, und mei Tante Mechthild hat immer laut glacht, wenn eins eingestürzt isch. Älle andre au. Habet wieder ihr Taschetuch braucht, weil ihre Auge vor lauter Lache naß worde sind. Am End von sellem Feiertag war's eigentlich immer arg schön und sehr luschtig. Bloß i bin dann am Abend halt in meinem Bett glege und hab mir ernsthaft überlegt, wie ich endlich emale die Pietät kriege könnt. Weil mei Tante Mechthild gsagt hat, daß i koine hätt.

Heut weiß ich, daß mer des als kloiner Bue hat oifach net lerne könne. Und daß des mit sellere Pietät gar net so oifach isch. Mei Tante Mechthild hab i dann au nimmer gfragt, weils meistens viel wichtigere Sache gebe hat zum Frage.

Ehrlich währt am längsten

Manchmal wär's schon schön, wenn man a bißle früher auf die Welt komme wär! Aber, des kann mr halt net steure . . . so und so net . . . des hat bloß mei Tante Mechthild mal probiert! I därf schnell verzähle. Also abgrund-ehrlich war sie, mei Tante Mechthild – und sparsam bis zum Geht-nichtmehr . . . Eher hätt die selber kräht, als daß sie einem Gockel eine Mischte spendiert hätt!

Aber, man weiß ja: ehrlich und sparsam sein, paßt zamme wie . . . wie . . . ja, wie soll ich das jetzt sage: Wie Net-Bscheiße welle – und Steure-zahle müsse . . .

In dieser Hinsicht kann meine Tante Mechthild heute noch als völlig unbescholten gelten. Für die war die Schweiz bloß Schoklad' und Käs, und Lichtenstein kein Briefkasten! Vom Bauherre-Modell und von Verlust-Abschreibungen hat mei Tante Mechthild noch nix gwußt. Die hat ihr bißle Geld noch *ehrlich* eingebüßt und verlore!

Bloß wegen der Eisebahn isch sie mal e bißle vom Pfad der Tugend abkomme. Wie ich sechs Jahr alt worde ben, und zum Zugfahre den halben Preis hätt zahle müsse.

Also ich weiß noch ganz genau, was für ungeheure

Aktivitäten mei Tante Mechthild in den Wochen vor meinem 6. Geburtstag entwickelt hat: »Oskarle, jetzt fahret mir vorher noch da hin und dort hin. Mir müsset des doch ausnütze, solang Du für umsonst fahre därfscht . . . Ab 6 brauchscht nämlich e halbes Fahrkärtle!« Net ganz glücklich war ich an meinem 6. Geburtstag, weil ich nämlich die Rollschuhe immer noch net kriegt hab . . . wo ich mir so gewünscht hab . . . Wieder bloß Handschuh und einen Schlafanzug und dazu 5 Mark zum Spare für die Rollschuh . . .

Aber so war des halt früher! Und ich hab denkt, wenn du erscht emal 6 Jahr alt bischt, dann geht das unaufhaltsam weiter. Dann wirscht erwachse, wirscht ernscht gnomme – muscht sogar bei dr Eisebahn Geld zahle . . .

An sellem Geburtstagsabend war's dann, wo mei Tante Mechthild vor dem Gut-Nacht-Kuß gsagt hat: »Oskarle, der Onkel Willi, der Entenklemmer, wo Dein Patenonkel isch, hat scheint's wieder Deinen Geburtstag vergesse. Morge isch Sonntag, da fahret mir zwei zum Onkel Willi!«

Oh, hab i gsagt – aber ab morge koscht ich doch Geld bei der Eisebahn! Krieg ich no au a Fahrkärtle . . .«

»Mir werdet sehe« – hat Tante Mechthild gsagt – und dann am nächste Morge aufm Weg zum Bahnhof: »Oskarle, paß auf, wege dem *oine* Tag schenket mir doch dr Eisebahn keine 5 Mark. Hättescht doch genau so gut au einen Tag später auf d' Welt komme könne. Die Hebamm' hat sowieso mit Dir erst übermorgen gerechnet, weiß ich no ganz genau. Die 5 Mark für a Fahrkarte für di sparet mir – und legets auf deine Rollschuh drauf!« – Also wege dene Rollschuh war mir des scho recht, aber andererseits: »Was soll ich denn sage, Tante Mechthild, wenn dr Schaffner mich fragt, wie alt ich ben?«

So resolut wie se war, meine Tante Mechthild, hat se gsagt: »Oskarle, no nie hat Dich oiner gfragt, wie alt du bischt! Und wenn, dann sagscht halt, daß Du erscht morgen Geburtstag hättescht! Bischt eh einen Tag zu früh komme. Die Hebamm hat wirklich mit Dir erscht drei Tag später gerechnet. I leg doch lieber die 5 Mark für dei Fahrkarte auf die Rollschuh, wo Du so gern hättsch . . .«

Sie ahnen, wie des weiter gange isch?! –

»Fahrkarten bitte vorzeigen!« – hat dr Schaffner grufe, und i hab stur auf meine sauber g'wixte Sonntagsschuh guckt. Des muß dem aufgfalle sei, deswege bloß hat der mi gfragt: »Wie alt bischt denn Du, Büble?!«

Koi Wort hab i vor Angst rausbracht, bloß dann so stotternd: »I weiß es net.«

»Jetzt komm aber au«, hat der Schaffner gsagt, »en Bue so groß wie Du, wird doch scho wisse, wann er

Geburtstag hat?!« – Verzweifelt hab i mei Tante Mechthild anguckt: »I weiß es net, weil i erscht morge Geburtstag habe soll! Ich bin nämlich einen Tag zu früh auf die Welt komme! Ond deswege hab i au kei Fahrkärtle, weil mei Tante Mechthild nämlich gsagt hat, daß mer des auf meine Rollschuh leget!« I denk heut no mit Entsetzen an den Heiterkeitserfolg, den ich damals in sellem Zug-Abteil unfreiwillig kriegt hab. Älle habet glacht – (au dr Schaffner) – bloß mei Tante Mechthild net: »Ich zahl nach! Der Bue isch gestern 6 worde – und i hab halt denkt, wege dem oine Tag müßt mrs net so genau nehme!«

Sie werdet's net glaube, was ich für gute Erinnerungen an Beamte hab. Und wie so ebbes nachwirkt. Seller hat nämlich glacht, koi Geld und scho gar koi Bußgeld von dr Tante Mechthild verlangt, oifach unbürokratisch-menschlich seine Kompetenzen überschritten: Beim nächste Mal sollt mei Tante halt für mich a Fahrkärtle kaufe, aber des Geld, wo se gspart hat, sollt se auch für die Rollschuh für mich verwende . . .

Und wenn Sie jetzt denket, des wär erfunde . . . von wege . . . so war des früher . . . manchmal allerdings bloß . . . Und was die Rollschuh angeht, hat des auch noch lange Umwege braucht. Über einen Schirm mit grün-graue Karole! Den hat mei Tante Mechthild nämlich im Gepäcknetz von dem Abteil – wo die andre Leut ihr Gaude ghabt habet, mei Tante Mechthild aber ihre Blamage – also den hat se halt vergesse, weil se fluchtartig in Ulm mit mir ausgstiege isch. Dr Onkel Willi war am Bahnhof, verzählt habet mir dem natürlich nix, weil der – weiß i au noch – bestimmt bloß so katzedreckich glacht hätt. Erst beim Gut-Nacht-sage an sellem Abend, hab ich vorsichtig zu meiner Tante Mechthild gsagt: »I kann wirklich nix dafür, und's isch mir so arg, aber Du haschst doch immer gsagt, daß mr net lüge derf – und ehrlich währt am längsten...!?« Ganz arg lieb gelächelt hat da mei Tante Mechthild, i weiß des no wie heut: »Scho recht, Oskarle! Aber was soll aus Dir bloß werde, wenn mr dir immer glei an dr Nasespitz ansieht, wenn Du emal e bißle b'scheiße willscht? Kannscht nix dafür! Hascht von mir! Ich hab wirklich koi Gschäft gemacht bei dere Gschicht! Fünf Mark gspart für dei Fahrkärtle – und dafür isch mein Schirm futsch! Und der hat über 10 Mark koschtet, und jetzt fährt der irgendwo rum zwischen Stuegart und Biberach... Gut Nacht, Oskarle...«

Aber von wege Schirm fort. So war mei Tante Mechthild am End au net! Die hat ihren Schirm wiederkriegt, weil sie an älle Fundbüros gschriebe hat von der damaligen Reichsbahn. Und der Tag isch komme, wo ich mit meiner Tante Mechthild am Bahnhof diesen Schirm im Fundbüro abgholt hab.

Grad selig isch se gwese: »Oskarle, jetzt siehscht wieder mal, daß es doch no ehrliche Mensche gibt! Und dabei hab ich den Schirm um zehn Mark scho abgeschriebe ghabt – in Gedanken! Und weischt au, was mir mit dene 10 Mark jetzt machet? Die leg ich auf Deine Rollschuh drauf – die kaufet mir jetzt gleich!«

So war se, mei Tante Mechthild...

Ond ich kann *ehrlich* heut no net verstehe, wie man die Eisebahn bscheißt und trotzdem Rollschuh kriegt, bloß weil mr einen Tag zu früh auf die Welt komme isch?!

S'muß an der Tante Mechthild liege...

Kultur und Kunscht

Arg gern ins Theater gange isch mei Tante Mechthild. Die war so e echte Theater-Närre. Wenn die am Abend verkündet hat: »Morge hab i wieder Abonnement!« – na habet älle gwußt, daß die Tante Mechthild am nächsten Tag vollauf beschäftigt isch. Gleich nach dem Frühstück hat sie ihr »Seidenes« an die Luft gehängt damit die Falte sich aushänget von dem Kleid. Und dann hat sie ihre »echte Schaumperlekette« aus der Schatulle gnomme und auf den Waschtisch glegt, damit die wieder ihren »Lüschter« krieget. Ich hab natürlich als kloiner Bue net gwißt, was »Lüschter« isch. Hab dann so scheinheilig gfragt: »Warom machst denn Dei Kette so g'lüschtig, Tante Mechthild?«

Nix hat se narreter mache könne, wie wenn i so hehlinge, also im Vorbeigehe, die Perlekette von dem Wolltüchle, wo *sie* se draufglegt hat, ronter gnomme und nebedra auf die Marmorplatte glegt hab. »Aber Oskarle, Perlen leben doch! Die könnet sich genau so *erkälte* wie Du, wenn mr sie auf die eiskalte Marmorplatte legt!« So schön unschuldig hab ich dann gsagt: »Tante Mechthild, i dät so gern emale Deine Perlekette *huschte* höre! Wie putzet die sich eigentlich die Nas', wenn sie einen Schnupfe habet?« Wisset Se, des war so in der Zeit, wo ich scho ein elender Lausbue gwese bin. Nichts als Unsinn im Sinn! Und Sinn für das hat mei Tante Mechthild auch ghabt. Also mit der hat mr schon manches mache könne.

Ein Beispiel bloß: Ihr *Nachthemd* hat sie nach em Bettemache immer schön und akkurat zammeglegt unters Kopfkisse gschobe. Und mich hat's dann manchmal halt gjuckt. Und dann hab ich meinem Vatter seins verkrumpelt unters Kopfkisse von dr Tante Mechthild gstopft – und umgekehrt ihr fei zusammegelegtes »Negligee« meim Babbe ins Bett...

Des war immer eine Mordsgaude, wenn ich dann in meinem Zimmer die Tante Mechthild draußen im Flur hab schimpfe höre: »Also dieser Oskarle, jetzt hat der Fetz doch scho wieder mei Nachthemmed. Aber der kann was erlebe, morgen früh!«

Die Geschichte mit dem Theatertäschle wollt ich Ihne noch verzähle, au wenn si e bissle »anrüchig« isch:

Ihr Theatertäschle hat die Tante Mechthild immer mindestens eine Stunde vor dem Fortgehe grichtet. Wenn dann älles drin war, Portmonney, zwei Taschetücher, Kölnisch Wasser und Pfefferminzle und vor ällem ihr Adlerauge, also s' Opernglas – dann hat sie's auf des kleine Tischle an der Glastür glegt, damit sie's ja net vergesse kann. Und dann hat's mich halt wieder gjuckt. Kaum war Tante Mechthild wieder in ihrem Zimmer verschwunde, hab ich noch etwas *mehr* in dem Täschle verstaut. Mal eine Kartoffel, mal drei Zwiebele, schwarze Schuhwichs, meim Babbe seine Meerschaumpfeif . . ., was i ebe halt schnell gfunde hab. Ich hätt au s' Bügeleise nei, aber das isch net neigange. Ond das hätt' sie sicher au gmerkt. Ich mein, zu *früh* gemerkt, *eh* sie ihr Taschetuch im Theater braucht hat. So hat halt mei Tante Mechthild manches für umsonst in die Oper gschleppt, und ins Schauspiel au. Ond am nächschte Morge war ich dann fascht stolz, wenn sie lachend gsagt hat:

»S' Oskarle hat mich doch scho wieder dran kriegt! Wie ich so im Dunkle in mei Tasch lang, bin ich vielleicht erschrocke. Hat der Lausbue mir doch eine Zahnbürscht und au noch einen Rasierpinsel neigstopft ghabt. Aber das passiert mir nimmer. Bei meinem nächsten Abonnement paß' ich besser auf!« Des hat sie dann auch getan, aber net genug. Irgendwie hab ich's doch noch im letzte Augeblick gschafft, e Stückle Backsteinkäs, – so einen reifen Limburger! – unters Opernglas zu schmuggle. Natürlich eingepackt in einem Papierle!

Vor dem Insbettgehe hab ich's meim Babbe verzählt. Der hat aber net glacht wie sonscht, sondern schwer gscholte: ein stinkender Backsteinkäs ging zu weit, hat er gsagt, der dr Tante Mechthild und au dene Leut um sie rum den Kunschtgenuß verderbe würd. Schlecht gschlafe hab ich in der Nacht, und wie ich morgens aufgwacht bin, isch mirs noch schlechter worde. Wüscht groche hats in meinem Zimmer! Verzeihung, s' hat oheimlich gstunke! War koi Wunder, denn auf meinem Nachttischle isch der berüchtigte Backsteinkäs glege. Sogar auspackt, ohne Papierle!

S' war mir gar net wohl beim Frühstück, wie ich meiner Tante Mechthild unter d' Auge komme bin. Auf ein heiligs Donnerwetter war ich gfaßt, und des hätt ich net brauche könne, weil ich nämlich an diesem Morge als Mittelstürmer in einem ganz wichtigen Fußballspiel im Anlägle vorgsehe war. Mei Mannschaft hätt ja glatt verlore, wenn ich net aus'm Haus hätt derfe. Und mit so eme Stubenarrest war mei Babbe schnell bei dr Hand. Aber nix isch passiert, meine Tante Mechthild hat getan, als ob da nie ein Backsteinkäs im Theatertäschle gwese wär. Langsam isch mir's unheimlich worde! Koi Gaude und koi Donnerwetter, des war mir z'viel. Heut tät mr sage, die Spannung war einfach unerträglich ...

Aber gleich drauf isch doch ebbes passiert, was der Tante Mechthild noch nie passiert isch ... Beim Tischabräumen hat sie s' Gläsle mit reinem Bienenhonig schief ghalte. Aus Versehe, angeblich! Und auch noch direkt über meinem Kopf. Einen ganz dikken Klacks Honig hab ich abkriegt ins Gsicht – aber des wär net so schlimm gewese – sondern au in die Haar. Die habet vielleicht bäppt . . . !

»Oskarle«, hat mei Tante Mechthild gsagt, »so kannscht net zum Fußballspiele! Da hilft älles nix, mir müsset die Haar noch schnell wäsche!« Recht war mir's net, aber was hätt' ich mache solle?! Dann hat mir Tante Mechthild halt den Kopf gwäsche, schö trocke frottiert und dann gmeint: »Oskarle, mit dene halbnasse Haar kannscht net naus. Dätescht Dich verkälte! Aber ich hab was, des tu' ich dir jetzt drauf. Des macht d' Haar schneller trocke.« Ein halbes Fläschle so Zeugs hat sie mir auf den Kopf gschüttet, i hab' ganz fescht den Waschlappe vor d' Auge und d' Nas drückt und s' Gfühl ghabt, daß meine Haar noch nässer werdet. Aber gsagt hab ich nix. War grad froh, daß ich meinen Fußball hab nehme dürfe! Und dann, nix wie naus aus dem Haus.

Im Anlägle habet meine Freund scho ungeduldig auf ihren Mittelstürmer, also auf mich gwartet. Aber, kaum bin ich dort gwese, habet die älle d' Nas naufzoge: »Oskar, was hascht denn Du bloß in Deine Haar gschmiert? Du riechscht ja wie, wie a Mädle! Pfui Teufel, des kann mr ja net aushalte, wie Du stinkst! Komm bloß net in meine Nähe, da wirds eim ja ganz schlecht!«

Des Fußballspiel an dem Tag hat meine Mannschaft glatt verlore. Die habet net ins Tor kickt vor lauter Aufpasse, daß sie ja net in Riechweite von ihrem Mittelstürmer kommet. O, i hab vielleicht was zu Höre kriegt. »Gang bloß heim, ond laß Dich nimmer blicke bei ons! Dei Mamme soll Dir Deine Haar mit Schmierseife wäsche! Wenn Du Parfüm brauchscht, dann spiel in Zukunft mit de Mädle und mit eme Puppewägele! Mir send Männer, merk Dir des!«

Mei Tante Mechthild hat sich komischerweise gar net gwundert, daß ich so bald wieder mit meinem Fußball heimkomme bin. »Hat Dirs Fußballspiele heut koi Freud gmacht, Oskarle?« hat sie scheinheilig gfragt. I hab meinen Fußball in die Eck geschmisse und mich selber auf mein Bett. Und dann hab ich gheult wie ein Schloßhund: »I derf nemmer mitspiele, habet meine Kameraden gsagt, weil ich so stinke dät!«

»Aber Oskarle,« hat Tante Mechthild gmeint, »so schlimm kanns doch net sei! Ein Backsteinkäs im Theater stinkt viel schlimmer! Du tuscht doch bloß nach Veilchen rieche! Schön, e bißle arg, des isch wahr! Aber ein halbes Fläschle Veilchenparfüm im Haar, verbreitet halt so seinen Duft! Hilft älles nix, Oskarle, mir müsset den Kopf noch emale wasche.«

Während der zweiten Kopfwäsche an jenem Tag hat sie mir dann verzählt, wie des mit dem Backsteinkäs im Theatertäschle gwese isch. Und wie die Leut neben, henter und vor ihr gschnuppert hättet. Und dann älle auf sie guckt, wie sie ihr Täschle aufgmacht hatt. Da wäre der Duft vom reife Backsteinkäs nämlich förmlich rausquolle und hätte s' ganze Parkett verpestet. Unterm Seifeschaum vor hab ich gsagt: »Tante Mechthild, s' tut mer leid. Ich mach's nimmer, gwiß net.« Kannenweise Wasser hat mir Tante Mechthild über den Schädel kippt und glacht: »Weischt Oskarle, so schlimm war's au wieder net! Mei Abonnement geschtern war zwar kein Kunschtgenuß, aber dafür hab ich au noch nie in meinem Leben bei einem Trauerspiel, mittle in einem tragischen Drama, so's Lache verhebe müsse. Bischt scho e richtiger Lausbue! Aber wer weiß, vielleicht haschts von mir geerbt! I hab' nämlich, wie i so alt war wie Du, auch gern so dummes Zeug gmacht!« – Ja, so war se halt, meine Tante Mechthild! Von Pädagogik hat die damals schon mehr verstande als heut hundert Studierte! Deswege denk ich au immer wieder so gern an sie. Wer weiß, was aus mir worde wär, wenn ich die net ghabt hätt – bei dene Anlage?! Wo mir, wie ich damals erfahre hab, auch noch ausgerechnet mei Tante Mechthild vererbt habe will?!

Aufklärung

Wegen einem Schwalbenpaar hab i mei Tante Mechthild mal arg in Schwulitäte bracht. Angfange hats mit einem Clofenschterle. Nimmer zuklappe dürft mrs, hat Tante Mechthild befohlen, weil nämlich obe in der linken Ecke, Schwälble ihr Nescht baue dätet. Und fei leise sollt mer sei aufm Örtle, damit sich die Tierle net verschrecket. Sie selber hat immer ganz sachte die Tür zugmacht, wenn se raus isch und manchmal au selig und wie verklärt gsunge: »Mutterl, unterm Dach ischt ein Neschterl gebaut!«

Beim Bügeln war se, wo i dann Recherchen in einer ganz bestimmten Angelegenheit angstellt hab. Beim Bügeln hat mer die Tante Mechthild nämlich so schön feschtnagle könne, da isch se net oifach fortglaufe mit einer Ausrede, sie müßt schnell sell oder jenes mache. Nie hätt Tante Mechthild ihr heißes Eise stande lasse, die hat schon Energie gspart, wo's noch gnug gebe hat. Ich bin glei direkt auf die Sach losgsteuert:

»Tante Mechthild, wie machet des eigentlich die Schwälble, damit se Kender krieget?«

Tante Mechthild hat tapfer weiterbügelt: »Du fragscht aber au, Kerle! Natürlich genau wie d' andere au!«

Damit war mir net viel geholfe, weil ich doch au net

gewißt hab, wie es die andere machet. Genaueres hab ich wisse welle, aber Tante Mechthild hat oifach weiterbügelt und behauptet, daß mir mei Mamme des schon älles erklärt hätte. Dann hab i weiterbohrt: »Meinscht Du vielleicht des mit de Bienle, wo die Blümelein bestäuben tun? Des kann i mir aber bei de Schwalbe net vorstelle, weil die doch bestimmt nach de Biene schnappe dätet.«

»Seit wann send Vögel au Blume, Oskarle?« hat Tante Mechthild abgelenkt. »Du weischt genau, daß da ein Unterschied isch.« Des hat mir eingeleuchtet, schließlich hab i au scho gwißt, daß zwische de Mensche ein Unterschied ist. Wie i aber des zugebe hab, wollt doch mei Tante Mechthild schon wieder vom Thema ablenke. Es gäb gute und böse Menschen, hat se gsagt. Ich drauf, daß es doch net an *dem* Unterschied liege könnt, wenn Schwalbe oder sonst so Leut Kender krieget. Also Mensche. »Schwätz kein Babb, Kerle, weischt genau, daß zwische de Schwalbe und de Mensche au ein Unterschied isch!« Stur isch sie an dem Wort Unterschied hänge bliebe und hat Taschentücher bügelt, wie wenns nex Wichtigeres auf dr Welt gäbe dät. Deswege hab i halt probiert, diesem Gespräch eine andere Richtung zu geben.

»Tante Mechthild, also ich glaub des eifach älles net, weil ich mir nämlich überhaupt nicht vorstellen

kann, wie so ein riesengroßer Klapperstorch durch den kleine Spalt an unserem Clofensterle komme soll und dene Schwälbe ihre Junge bringe!« Da hat se mit Wucht ihr Bügeleisen hochkant gstellt:
»Kleine Bube müsset sich au net älles vorstelle könne! Des isch gar net nötig, und au net gut für sie! Tu Du lieber e bissle in Deinem Lesebuch lese, damit Du was Rechtes lernscht!«
Mit dem Lesebuch isch mir mei Tante Mechthild immer komme, wenn se mich hat loshabe welle. In dem domme Lesebuch isch aber überhaupt nix drin gstande, wo mi interessiert hätt, scho gar net, wie Schwälble zu ihre Kender kommet. Und genau des und wie und warum hab ich doch bloß wisse welle, und hab deswege den Würfelzucker ins Gspräch bracht:
»Tante Mechthild, warum legscht Du eigentlich immer e Stückle Würfelzucker unter die Käsglock? Vielleicht isch die Käsglock schuld, daß Du keine Kender hascht und bloß mich. Glaubscht denn ehrlich, daß dr Klapperstorch au onter dei Käsglock gucke tut?« Schier aus dr Haut gfahre isch se, mei Tante Mechthild:
»Oskarle!!! Also des darfscht mir net antun! Wenn i a Stückle Würfelzucker onter meine Käsglocke leg, dann bloß deswege, daß dr Käs frisch bleibt ond net verschimmelt!«

Dann hat se gheult, gheult wie ein Schloßhund.
Mir isch schier s' Herz broche! Ich hab mir überhaupt net denke könne, was ich Verkehrts verbroche hab. Richtig durcheinander komme bin ich damals als kloiner Bue und hab in dr Verzweiflung oi Taschetüchle nach em andre schö zammeglegt; hab dann au so ein frisch Gebügeltes meiner Tante Mechthild gebe, weil ihr's scho patschnaß war.
Geahnt hab i damals scho manches. Genau gewußt aber gar nix. Und deswege ben ich dann au no ins nächste Fettnäpfle dappt: »Tante Mechthild, ich weiß doch, daß sich erschtmal zwei ganz arg gern habe müsset, bis daß die e Kindle krieget. Hat mir die Mamme gsagt. Bloß wie hat se halt net gsagt! Ond i hab halt denkt, daß mei Babbe und mei Mamme sich oft streite dent! Ond daß ich deswege halt doch ein Wunder wär! Und Du tuscht doch so gern Käs esse! Wenn du kei Wurscht willscht, na sagscht doch immer: »Ich hätt so Luscht auf en guate Käs!« Und bloß wege deiner Luscht bin ich dann aufs Zuckerle und den Klapperstorch komme, den es gar net gebe tut!
Arg fescht hab ich mich an mei Tante Mechthild druckt, damit die endlich zum Heule aufhört. Es hat noch eine Weile dauert und no zwei Taschetüchle braucht. Dann endlich hat sie gsagt:
»Oskarle, die Luscht und die Liebe und die Kendle

zum Kriege, des isch älles ebbes arg Schönes. Oifach ein ganz großes Wunder. Und mi hats halt net troffe! Wenn du mal groß bischt, werd ich Dir älles genau verzähle.«

Wieder weiterbügelt hat se dann, und ich war grad froh, daß se nemme so gheult hat. Hab dann noch e bißle Fußball gspielt mit meine Kamerädle und drei mal einen Elfmeter verschosse. Mein bester Freund Kuno hat mich einen saudomme Bachel gheiße, aber ich hab halt immer an mei Tante Mechthild denke müsse. Ob se immer noch so traurig isch? Ob sie zum »Gut-Nächtle«-sage an mei Bett kommt?

Aber klar isch se komme, wie immer, und hat mir wieder des schöne Gschichtle verzählt, wie s' Oskarle auf die Welt komme isch. Ich habe das damals nicht oft genug höre können. Bitte, die Tante Mechthild hat arg viel Phantasie ghabt und au wild mit diesen Pfunden gewuchert, aber ich war damals als kleiner Bue trotzdem total überzeugt, daß bloß mei Tante Mechhild die Wahrheit verzähle kann – und weiß:

»Oskarle, dort obe im Himmel, wo Du jetzt die Sternle siehscht, gibts en ganz große Äpfelbaum. In dem seine Würzele und Ästle und Zweigle und au henter de Blättle gibts ganz kleine Neschtle. Und in denen wohnet die kleine Kendle, und die habet gar koi Angscht vor gar nix. Die spielet mit de Sonnenstrahle, müsset nie friere. Und wenns Nacht wird, deckt se dr Mond mit schneeweiße, kleine Wolke zu. Zum Essen habet die immer gnug, so mittle dren im Apfelbaum. Und Kendle, wo arg viel Glück habet, so wie Du, die habet ihr Neschtle in einer Apfelbaumblüte. Ganz weich, ganz warm. Die träumet bloß schön und send immer froh, bis dann so a kleines Sonneströhle kommt und fragt: Mögsch net auf mir nonterrutsche auf d' Welt? – Und Du hascht welle, und seitdem hat Dei Mamme ihr Oskarle – und i au.« War scho arg schö, was mei Tante Mechthild mir so älles beibracht hat, genau verzählt, wie die Schwälble ihre Kender krieget, hat se mir zwar net. Wär au damals gar net so furchtbar wichtig gewese. Viel wichtiger isch, daß ich heut noch, sobald ich einen blühenden Apfelbaum seh, gleich dradenk: In so einer wunderschönen Apfelblüte bischt du au mal glege, und hascht keine Sorge ghabt. Hascht bloß mit Sonnestrahle spiele dürfe . . .

»Trau schau wem«

Einen Schirm-Tick hat mei Tante Mechthild ghabt. Mindestens vier Schirme hat se braucht, sonst hätt ihr was gfehlt. Einen schwarzen für Beerdigungen. Einen Sonn- und Feiertagsschirm fürs »Gute«, einen für jeden Tag und einen für zum Herleihen. Früher hat mer no net glei ein Taxi bstellt für de Bsuch, wenns a bißle tröpfelt hat. Normale Leut habet damals auch no kein Auto ghabt, sogar dr Doktor isch noch mit em Fahrrädle komme, wenn ebber krank war. Hats plötzlich gregnet, hat mer seinem Besuch halt en Schirm ausgliehe für de Heimweg. Meistens auf Nimmerwiedersehn. Fuchsteufelswild hat da mei Tante Mechthild werde könne, weil die Leut oifach keinen Anstand hättet und sich an fremdem Eigentum, wie wenn des nix wär, vergreife dätet. Ganz narret war se immer, wenn einer von ihre vier Schirm gfehlt hat. Ihren Sonntagsschirm hat sie natürlich nie ausgeliehe, höchstens noch den für jeden Tag, aber nur wenn sie gar net hat anders könne und net hat riskiere welle, daß dr Bsuch sich eine Lungenentzündung holt aufm Heimweg. Die Vergeßlichkeit der Schirm-Empfänger und meiner Tante Mechthild ihr gutes Gedächtnis waren für mich damals ein einträgliches Gschäft. Auf die Art

ben ich sogar zu meinem erschten »Karl May« komme.
Eine Frist von ungefähr einer Woche hat mei Tante Mechthild jedem Schirm eingräumt. War die rom und der Schirm immer noch nicht zurück, hat sie ihren Hut aufgsetzt und grufe:
»Oskarle, möchtest net mit mir e bißle spaziere gehe?«
Gschickt hat sie dann ihre Schritte immer so gelenkt, daß mir zufällig genau an dem Haus vorbeikomme send, wo Leut dren wohnet, die sich net scheniert, oifach fremdes Eigentum zu kassiere.
»Oskarle, jetzt sprengscht schnell nauf und sagscht en scheene Gruß von Deiner Tante und ob se net so gut wäret, Dir meinen Schirm von neulich gebe zu welle. Sagscht, Dei Tante müßt morge verreise und mer wüßt net, wies mit em Wetter wird.«
Gar net gern hab i bei denen Leut klingelt. Arg oagnehm war mirs immer, und dene erscht recht. In dr Verlegenheit habet die mir dann meischtens e Tafel Schoklad gschenkt oder e paar Zehnerle. Rentiert hat sichs scho für mich, aber i hab no heut ein gestörtes Verhältnis zu Schirmen. Lieber werd i patschnaß, als daß i mir von irgend jemand einen Schirm aufzwenge lasse tät. Glei kommt aus'm Unterbewußtsein mei Tante Mechthild hoch:
»Oskarle, ans Vergesse glaub i net! Leut, wo mir-

nex-dir-nex einen Schirm kassieret, die send au sonscht net recht!«

Einmal hat mei Tante Mechthild einen sehr vornehmen Bsuch aus Norddeutschland ghabt. Geistlicher Rat oder Dekan oder so ebbes war der. Und wie der hat gehe welle, hats drauß gosse wie mit Kübel.

»Kann Ihne leider net helfe« – hat Tante Mechthild an dr Tür gsagt. »Meine Schirm send älle onterwegs.«

Der Geistliche Rat, oder was er war, hat konsterniert guckt. Erschtens weil er net kapiert hat, wieso Schirme unterwegs sein könnet, und zweitens – weil direkt vor seiner Nas im Schirmständer einwandfrei ein Schirm zu sehen war.

Tante Mechthild hat de Kopf gschüttelt: »Den kann i Ihne leider net gebe. Des isch mein Beschter. Und d' Leut send ja heut älle so unehrlich!«

Heiligs Blechle! I ben danebe gstande und hab denkt, daß mer so was doch zu koim sage derf, wo ehrlich von Berufswege sei muß, weil er en Pfarrer isch.

Mei Tante Mechthild muß des irgendwie gmerkt habe, weil sie nämlich dann doch den Schirm geopfert hat, allerdings mit dem Zusatz: »Wenns recht wär, Herr Pfarrer, na tät mei Oskarle schnell mit Ihne laufe bis Sie dahoim send. Dann könnet Sie dem Oskarle den Schirm glei wieder mitgebe!«

Auf 'm Weg hat mich der Pfarrer gfragt, ob mei

Tante no mehr so Schrullen hätte. I hab noi gsagt,
weil i damals no net gwißt hab, was Schrullen send.
Und dann hat der mir doch tatsächlich ein echt silbernes Fünfmarkstück in d' Hand druckt und gsagt,
daß ich dafür meiner Tante einen schönen Schirm
bsorgen sollt. Die war schwer beleidigt, wie i mit
ihrem Schirm und fünf Mark dazu heimkomme ben.
Jeden Tag zehn Schirm könnt se sich selber kaufe,
wenn se welle dät und bräucht sich bei Gott keinen
schenke lasse von so einem overschämte Denger!
So aufgeregt war se und so narret, daß se no net
emal gsagt hat, daß i die Fünfmark in mei Sparkässle
neitue sollt.
I könnt grad mache mit, was i will!
I hab mir sofort dafür den »Schatz im Silbersee«
kauft und für den Rest Pfefferminzbruch und Himbeerbombole.

Kein Mensch muß müssen

Wissen Sie, was eine Leib- und Seelhose isch? – Ich hab zwei ghabt, also zwei Leib- und Seelhosen. Die werd ich nie vergesse. Immer im Herbst muß ich dran denke. So um die Zeit rum hat mei Tante Mechthild gsagt: »Oskarle, 's wird langsam kühler. Die Nieren muß mr immer schön warm halte, und Dei Bläsle isch au e bißle empfindlich!«
Eine gute Seele war se schon, meine Tante Mechthild, aber in bezug auf Leib- und Seelhosen hat se kein Pardon kennt. Spätestens ab Mitte Oktober hab ich die Krampfdenger anziehe müsse, damit sich mei Bläsle net verkältet. Ein saublödes Gfühl war es immer . . . aber i hab jetzt das Gfühl, daß doch net älle von Ihnen wisset, was Leib- und Seelhosen sind oder waret . . . Wie soll ich das erklären!? Jetzt geht's mir so wie manche Männer, wenn se ohne die Hände zu benutzen, die Lollobrigida beschreiben sollet . . .
Also eine Leib- und Seelhose – isch Hemd und Hose – aber ohne Unterbrechung. Also, in einem Stück. Wenn eine Leib- und Seelhose bei dr Wäsch' eigange isch, muß mr katzengrad laufe wie ein Stecke. Die gibt nämlich net nach beim Bücke, die pfetzt unte oder obe, wie dreimal abgschnitte und immer noch zu kurz.

Und eine Leib- und Seelhose hat mir damals auch sonst noch Schwierigkeiten bereitet. Wie soll ich des jetzt wieder erkläre? Passet se auf: Lessing kennet se doch! Nathan, der Weise, wo gsagt hat: »Kein Mensch muß müssen!« –

Grad verloge ischs! Ich hab immer müsse. Und ein Mensch muß müsse derfe! Grad zum Bosse hab ich natürlich noch öfter müsse, wenn i mei Leib- und Seelhos anghabt hab. Und dann die Kugelfuhr bis ich hab könne – als kloiner Bub! Bis des Glomp ronter war, war's oft schier zu spät . . .

Aber nix gege mei Tante Mechthild! Die hat's ehrlich bloß gut mit mir gmeint – und mit meinem Bläsle halt au.

Wenn i heut dra denk, wie oft se mit mir in de Schwarzwald gfahre isch. Jedes Pflänzle, jedes Blümle hat die mit Name kennt, und au gwißt, wofürs gut isch! Und vollgstopft hat se mich mit Sagen und Märchen und Gschichtle vom Schwarzwald . . . War scho arg schön, au wenn sie natürlich den Holländer Michel mitsamt dene Nymphen vom Mummelsee gekonnt pädagogisch ei'gsetzt hat.

Einmal zum Beispiel hab ich mir bloß e Fünferle-Eis kaufe welle und probiert, mit eme Messer des Fünferle aus em Sparkässle zu kriege. »Oskarle, wirscht mir doch net werde wie dieser Köhler, wo sein Herz für viel Geld verkauft hat?! I war damals halt g'lüschtig auf e Fünferle-Eis – und hab net erscht s' ganze Gschirr abtrockne welle, bloß für ein Fünferle für e Eis.

Man hat über alles schwätze könne mit dr Tante Mechthild, bloß über diese unseligen Leib- und Seelhosen hat's nie kein Dischpudiere gebe: »Die send gsond – und sonscht wirscht krank, Oskarle!« Ich weiß noch heut genau, wie ich oimal abends so e bißle Fieber ghabt hab (so knapp um 38 rum) und mir mei Tante Mechthild zum Trost verzählt hat von dene Elfen im Mummelsee und wie die im Mondschein tanzen mit Zwerge und Wichtelmännle. »Aber« – und scho hat sie ihre Stimme erhoben – »die könnet des au nur, wenn se gsund send und sich immer warm anziehet!« Und dabei hat mei Tante Mechthild wieder die unselige Leib- und Seelhosen pädagogisch gschickt dene Elfen vom Mummelsee verpaßt. Mir fällts heut noch schwer, net sämtliche Elfen und Feen und Nymphen und Zwerge und Riesen und Gespenster vom Schwarzwald ohne Leib- und Seelhosen rumhopse zu sehn . . .

Dann bin ich in d' Schul komme. Zum Turne hat mr sich ausziehe müsse. Und ich meine Leib- und Seelhos! Meine Schulkamerade habet vielleicht glacht: »Oskar, Hemdematz, hat koi Hos ond hat koin Latz . . .«

Zur Tat habe ich mich entschlossen, mittels einer

Schere. Die Leib- und Seelhose in dr Mitte durchg-
'schnitte. Nachher war die Gschicht natürlich obe
knapp und s' Unterteil isch nontergrutscht...

Es isch mir damals als kloiner Bue wirklich nix übrig
bliebe, als die Teile der Leib- und Seelhose einer
anderweitigen Verwendung zuzuführen...

Des war – soweit ich mich erinnere an einem Freitag.
Und am Samstag hat mei Tante Mechthild mit mir in
de Schwarzwald fahre welle und gsagt: »Heidenei,
Oskarle, i fend in Deinem Schränkle koi... also
überhaupt keine.«

I hab gwißt, was se net findet...

Auch am Sonntag hat se immer noch gsucht, verge-
bens.

Selig bin i gwese, weil i denkt hab, daß die unsägli-
chen Leib- und Seelhosen endlich aus meinem Da-
sein verschwunden wären.

Hab net dran denkt, daß die liebe Tante Mechthild ja
jeden Montag mit Eifer und Freud ans Schuhputze
geht...

»Oskarle! Jetzt kann i nemmer! Aber wenn mi net
älles täuscht, dann isch der Schuhputzlumpe s'
Unterteil von Deiner Leib- und Seelhos!«

Schnell verdrückt hab ich mich. War nämlich ein
echtes Mißerfolgserlebnis für mich damals. I war
sicher, daß koi Sau mehr die Einzelteile von meiner
Leib- und Seelhose erkennt, wenn ich se fescht mit

schwarzer und brauner Schuhcrem einschmier... I hab damals halt – wie so oft – meine Tante Mechthild unterschätzt.
Net so, wie Sie vielleicht moinet.
Am Abend isch se an mei Bett komme, und i han furchtbar Herzklopfe g'habt. Aber nix isch g'wese. »Oskarle, was machst au für dumme Sache?«, hat se g'sagt. »I moin's doch bloß gut mit Dir. I will doch bloß, daß Du net krank wirst...«
Und scho han i heule müsse. Und mein ganze Leib- und Seelenhosen-Kummer hat's fortg'schwemmt bei dere Gelegenheit.
Und die Tante Mechthild? Die hat bloß zug'hört, hat mit'm Kopf g'nickt und koi böses Wörtle g'sagt.
Und als mein Tränenstrom versiegt war, da hat sie mich oifach in dr Arm g'nomme...
Und mir ist ein zentnerschwerer Stoi vom Herze g'falle. Mr hat's richtig plumpse höre.
Und wenn i heut so über des nachdenk – wisset Se, was i mir da wünsch? Nix für mich!
I wünsch mir bloß, daß viele, viele Kinder so a Tante Mechthild hättet wie i.

Somnambul

Der Mond hält seine Wacht
in guter wie in schlimmer Nacht.
Ischt er zu einem »O« geraten,
gibt's auf der Welt viel böse Taten.
Doch krümmt er sich zu einem Zett –
schläft jeder brav in seinem Bett.

Ich kann Ihne gar net sage, wie kritisch ich heut noch diesen Mond beobachte! Und wie erleichtert ich gwese bin, als endlich der erschte Mensch seinen Fuß... also wie der da so schwerelos drauf rom dappt isch.

Das hat dem Mond viel von seinem »Tante-Mechthild-Nimbus« gnomme! Noi, somnambul war se net, bloß e bißle mondsüchtig halt... Also um's Verrecke hätt se – zum Beispiel – koi Gsälz eikocht bei Vollmond...

»Oskarle, glaub mir's, die magnetische Vollmondstrahle send schuld, wenn auf mei Erdbeer-Gsälz dr Schimmel kommt! Noi, also sell isch gwiß!«

Manchmal hat sie dann halt doch die Preschtleng bei Vollmond eikoche müsse, schnell, weil se sonscht nübergange wäret...

Aber wahr isch's: Spätestens am dritten Tag danach

hat mr unterm Zelophanpapierle dr Schimmel gsehe.
Ond i hab mich dann gfreut wie d' Sau, weil mei Tante Mechthild gsagt hat: »Oskarle, gang um e Weißbrot zum Becke! Mir esset s' Preschtlengs-Gsälz besser glei, eh mirs dr Vollmond noch mehr verhagelt!«

Und insofern isch mir natürlich der Mond manchmal sehr gelegen komme. Weil der au prima saure Gürkle von meiner Tante Mechthild mit schimmligen Wolkenschleiern fein überzogen hat. Und der – also net die Gürkle und des Preschtlengs-Gsälz – waren dann schuld dran, daß ich so manche Vollmondnacht so halbe durchgewacht hab.

Meine Tante Mechthild hat nämlich behauptet, daß sie in einer Vollmondnacht kein Auge zukriegen könnt...

Mei Babbe hat zwar gsagt, daß mr ihr s' Haus überm Kopf wegtrage könnt. Die tät noch unterm freie Himmel weiterschnarche. Aber was soll's! Vollmondnächte waren für mich immer arg schö.

Neig'huschelt im Bett von meiner Tante Mechthild, hab i oi schön-schauriges G'schichtle nach em andre ghört...

Wie der Mond nach der Ebbe bei Flut des Fischers Frau ins tosende Meer lockt...

Wie bei Vollmond die Nymphen am Schluchsee schleiertanzend ein armes Büble verzaubern...

Ond immer hat mei Tante Mechthild ihren Zeigefinger ausm Deckbett hochghobe: »Oskarle, genau wie der Mond sind au mir Mensche! Auf und ab gehen wir! Mal sind wir groß, mal ganz klei.«
Oft hat sie mir au von Menschen erzählt, die mondsüchtig auf de Fenstersims steiget und sich dann . . .
Heiligs Blechle, bin ich da verschrocke: »Tante Mechthild« – hab ich gsagt – »also wenn Du des tuscht, dann halt ich Dich aber ganz fescht an Deinem Nachthemdzipfele, daß Du net nonterhagelscht! Was tät au d' Mamme schimpfe, wenn Du Ihre schöne Feuerlilie umknicke dätsch?!«
Also zum Helden hab i's nie bracht, ganz oifach deswege, weil mei Tante Mechthild sich trotz aller Vollmonde nie vom Fenstersims gstürzt hat . . .
Viel schlimmer isch's komme! Und des plagt mich heut noch. Nix gege mein Babbe, aber gege die Tante Mechthild hat der halt oifach ebbes ghett.
Vor ällem, weil sie seinem Sohn, ebe diesem Oskarle, soviel Märchen verzählt hat! Der müßt ja au mal die Realitäten kenne lerne . . .
Größer bin ich worde, älter au . . . und hab dann halt mehr meinem Babbe glaubt! Scho deswege, weil der sich eine Mordsgaude für die nächste Vollmondnacht ausdenkt hat: genau die Nacht, wo die Tante Mechthild angeblich koi Aug zukriege könnt . . .
Ich empfehle es nicht zur Nachahmung, aber es ist

trotzdem heut noch ein guter Trick: Man fülle ein geräumiges Rotweinglas mit getrockneten Erbsen – und gieße dann Wasser bis zum Rande zu. Man stelle dieses auf den Blechdeckel einer beliebigen Dose – unter der ein größerer Blechdeckel – usw ...
System: Römischer Brunnen – auch zu sehen in Baden-Baden – ansonsten Gedicht von Conrad Ferdinand Meyer!

Sie ahnen es schon: die Erbsen quellen. Im Weinglas wird es ihnen eng und enger – und da hopset se raus ... gluck ... gluck ... Mit Superhall-Effekt, natürlich. Aber ich sag des ehrlich ungern weiter, weil ich des nämlich damals mit meim Babbe vor der Tante Mechthild ihrer Schlafzimmertür bei Vollmond zum erstenmal probiert hab ...

Die Wirkung war kolossal! Vor allem, weil mein Babbe – ein prima Kerle, und für jede Gaude zu habe – sich auch noch das Schwert vom Großvatter ausm 70er-Krieg umgegürtet hat! Und der Schlapphut, den er aufgesetzt hat, soll scho die Baurekrieg mitg'macht habe. Auf jeden Fall, schaurig hatt er ausgsehe! Ond i – wie ein Engel! Weil i oifach des Engels-Gwändle wieder azoge hab von der Schulfeier an Weihnachten ... samt Flügel ...

Lang hat's dauert – mit dene Erbse ihrem gluck ... gluck ... gluck ...

Und na hab i schier denkt, s' passiert überhaupt nix!

Von wegen! Mei Tante Mechthild isch mit aufgespanntem Sonntagsschirm aus ihrem Zimmer gsaust: »Isch da ebber? Was isch los?!«
Vor lauter Schreck isch mei Babbe samt em Säbel und Schlapphut über dr Schirmständer ghagelt. Einer von dene Schirm hat den kunstvollen Gluckererbsenbau aus der Ballance bracht . . .
Ich kann bloß sagen: In den Armen lagen sich beide! Und weinten vor Schmerzen, nicht aus Freude! Nämlich mein Babbe und die Tante Mechthild! Ond ich hab nicht mehr gwißt, worüber i meine Engelsflügel breiten sollte . . .
Einen Bluterguß im Ellbogen und ein blaues Schienbein hat' die Gaude leider koschtet. Ich selber hab körperlich nix abkriegt – ich war ja der Engel – und hab dann au glei die zwei mit Essigumschläg ganz lieb behandelt – mein Babbe und meine Tante Mechthild! Ond die war gar net so sauer, wie sie eigentlich hätt sei könne . . .
Bloß am anderen Tag dann, hat sie ganz kurz und spitz »Gute Morge« zu mir gsagt. – Und no war lang nix. Gfragt hab i dann scheinheilig – schuldbewußt – ob ihr was weh do tät?!
Noi, hat se wie immer glächelt. Wie kommscht au da drauf, Oskarle?
Erscht abends – beim Gut-Nacht-sage – hat se mir dann ihr blaues Schienbein zeigt . . .

»Und des älles wegem Vollmond« . . . hab i gsagt . . .
»S'tut mir arg leid, Tante Mechthild! I hab des ehrlich net welle.« Ja, und na hat sie ebbes gsagt, was ich bis heut no weiß! Nie – vielleicht – vergesse kann:
»Oskarle, auch Du wirscht noch viele blaue Flecke kriege im Lebe! Aber ich wünsch Dir, daß Du des dann älles auf den Mond schiebe kannscht! Auf der Welt wirscht nämlich nie keinen Platz finde, für des, wo nicht so isch, wie es sein sollte . . .«
Ja, mei Tante Mechthild hat sich halt mit em Mond b'holfe . . .
Jeder auf seine Art.

»Bis dahin und nicht weiter«

Mei Tante Mechthild hat's oft im Kreuz g'hett. Reismateis oder so ebbes. Und gege die Schmerze hat ihr nachts im Bett am besten ein Katzefell g'holfe. An einem verregneten Sonntag hab ich des mal zweckentfremdet. Mei Onkel Eugen und mei Tante Margret sind zum Kaffee komme und habet au mei Bäsle Waltraud und mein Vetter Friedhelm mitbracht. Und mit dene zwei hab i prima Theaterles spiele könne. Wenn die zwei da waret, hab ich mich als perfekter Regisseur gfühlt. Die Waltraud und dr Friedhelm waret nämlich nicht nur ein Jahr jünger als ich, sondern auch literarisch noch völlig unbefleckt. Bloß deswege isch's bestimmt au zu dene viele Flecke auf dr Tante Mechthild ihrem schöne Sofa komme. Weil i nämlich zu dene g'sagt hab, mir spielet jetzt den Wilhelm Tell. Den mit dem Apfel auf dem Kopf. Mei' Tante Mechthild hat mir die Geschichte vom Wilhelm Tell oft verzählt, aber mei' Bäsle Waltraud hat glei s' große Heule angfange. Net totschieße lasse tät se sich – hat se gejammert.

Die hat oifach Andreas Hofer mit dem Wilhelm Tell durcheinanderbracht. Zu ällem Unglück hat mein Vetter Friedhelm dann keinen Apfel g'funden. Bloß Birnen – und au no e paar Tomätle in dr Küch'! War schon schwer für mich – damals – ohne jegliche Bühnenerfahrung. Ich hab mich als Titelheld auch noch um die Requisiten kümmern müssen... Hab dann aber im Zimmer nebendran ein Katzenfell gfunde, bloß halt keinen Hut, den man ja schließlich braucht, wenn man Wilhelm Tell aufführen will. Tante Mechthild's rheumatisches Katzenfell hab ich gekonnt um mich geschwungen und gerufen: »Wer diesen Hut nicht grüßen will...«

Da hat mei Bäsle Waltraud natürlich laut gelacht: »Oskar, wo isch denn überhaupt Dein Hut?!« In der Flurgarderobe hab ich dann doch einen gfunde. Meiner Tante Mechthild ihren Sonntagshut.

Aus rein dramaturgischen Gründen nahm ich den Pergament-Schirm von Tante Mechthilds Ständerlampe und stülpte also diesen Hut darüber. Und eh ich noch sagen konnte, daß man diesen Hut grüßen muß, legte mein Vetter Friedhelm schon eine Birne drauf! Und mei Bäsle Waltraud – net faul – nimmt eine Tomat nach der andre aus dem Korb von ihrem Bruder – schmeißt und schmeißt – bis endlich die Birne verquetscht auf der Tante Mechthild ihrem Sofa glandet isch. Grad auf dem Kisse, auf des sie mühevoll mit Kreuzstichle g'stickt hat: »Nur ein Viertelstündchen«. – Drei Tag hat se braucht, bis die Obstflecke wieder raus waret! Aber des isch erst nachher komme.

Erscht hab i natürlich die Waltraud und den Friedhelm zur Red' gestellt, wieso sie überhaupt dazu kämet mit Tomaten auf Birnen zu schmeißen? Weder Wilhelm Tell noch der Andreas Hofer hättet das getan! Und beide hätten schließlich um die Freiheit gekämpft – aber doch net mit Tomaten und Birnen dr Tante Mechthild ihr Kanapee versaut! Die Waltraud und dr Friedhelm habet mi bloß groß a'guckt! Fast nix habet se g'wißt vom Wilhelm Tell und scho gar nix vom Andreas Hofer. Weil's ihne koiner verzählt hat . . .

Aber mir hat dann abends am Bett mei Tante Mechthild einiges verzählt. Bös war sie net, aber sie hat g'sagt: »Oskarle, mr isch no lang kein Wilhelm Tell, wenn mr auf dr Tante ihren neuen Sonntagshut mit Tomaten schmeißt! Und koin Tarzan wirscht au net werde, bloß weil du mei Katzefell umg'hängt hascht. Des mußt Dir merke: Wenn se mit Dir amol später Theaterles spiele wellet, muscht sage könne: Bis dahin . . . ond net weiter.«

Die letzte Rose

Vor meinem Vaterhaus... stand keine Linde, aber vor meiner Tante Mechthild ihrem Häusle, da waret Rose. Wunderschöne Rose direkt onterm Küchefenschter. Ond die hat sie gehegt und gepflegt wie, wie... ja fascht so wie mich.
Und vor ällem die letzte Rose des Sommers, oh, auf die war mei Tante Mechthild ganz arg stolz! Die hat se jedes Jahr stande lasse bis weit in de November nei.
Bis auf ein einziges Mal, da isch ihr des leider nicht gelungen, weil ich nämlich dringend diese Rose benötigt hab...
Für die Gerlinde, meine Nebensitzerin. O, des war ein goldiges Mädle! Blonde Zöpf' und so kleine Löckle hat se g'hett, ein Stupsnäsle ond Äugle! Äugle! Ond Himbeerbombole hat sie au jeden Tag in d' Schul' mitbracht. Ihr Babbe war Bäcker, des hat mr au imponiert. Ich war also damals fescht entschlosse! Die oder keine! Wenn heirate, dann bloß die Gerlinde! Aber beweise hab ich dem Mädle halt welle, was sie erwartet, ihr oifach etwas Schönes schenke. Bloß mein neues Taschenmesserle war mir halt doch zu schad, und deswege hab i am Morge vor dr Schul die letzte Rose von dr Tante Mechthild

abbroche. Ein Briefle hab i au noch verbroche. Genau weiß i's nimmer, aber irgendwie war's sogar ein richtiges Gedicht: Liebe Gerlinde, diese schöne Rose schenke ich Dir – und will einen Kuß dafür! Arg g'freut hat sich die Gerlinde und lieb a'guckt hat sie mich . . .

Dafür hat mei Tante Mechthild bös guckt, wo ich heimkomme bin. G'heult hat se sogar und g'schimpft: »Meine letzte Rose hat man mir gestohlen! So eine unverschämte Gemeinheit, und bestimmt war's mein Nachbar, dr Knöpfle, der wo mich grad zum Bosse immer ärgre will, ha, wer tät au sonscht so ebbes? Aber dem werd' ichs zeige. Älle Stein, wo i in meinem Garte zammebreng, schmeiß i dem nüber. Und älle Schnecke tu ich sammle und setz' se dem Haderlomp mittle nei in seine Radiesle!« Oh manchmal hat mei Tante Mechthild scho grantig werde könne. Mei' Babbe und mei Mamme habet se beruhige welle, aber grad für umsonscht. Weiter hat se g'schimpft, und mir isch jeder Bisse im Hals stecke bliebe. Nachher beichtesch's ihr, hab i denkt, wenn sich der Sturm e bißle glegt hat . . .

Aber dann isch die Sach' eskaliert. Der Gerlinde ihr Mutter isch nämlich komme, rot wie eine Tomate im G'sicht und g'fuchtelt hat sie mit einer Rose – und meinem Briefle . . .

Ein Granatefetz wär ich ond ein gefährlicher dazu, tät unschuldige Mädchen verführe. Nix hätt ich im Kopf wie Lompezeugs und des tät sie sich als Mutter von dr Gerlinde fei verbitte. Liebesbriefe schreibe – in dr Schul! Und auch noch küsse welle, grad schäme solltet sich meine Eltern, was sie da für en Schlamper in d' Welt g'setzt hättet! Aber sie ginge zum Lehrer, ond zum Rektor au, damit des mit der Küsserei e End hätt. Tät sich doch ihr Mädle net verderbe lasse!

Also, des war eine von dene Situationen, wo mr vergeblich hofft, daß sich dr Erdbode auftut, damit mr wie e Mäusle verschwinden kann . . .

Meine Eltern habet übrigens die Sach' net so tragisch gnomme. Bloß die Tante Mechthild. Koi Wort hat se g'sagt. Ond des war viel schlimmer – als e dicks Buch voll . . .

Erscht abends hat se sich wie immer an mei Bett g'setzt, ond i hab bloß rausbracht, daß mr's leid dät, ganz arg leid. »Oh« – hat se da auf einmal g'sagt – »i hab immer denkt, Du wärscht so ein Rauhbautz, hättescht bloß Fußball und Räuberlesspiel im Kopf! Daß Du au lieb sein kannscht und Deine Gefühle zeige, des freut mich, Oskarle! Wenn Du so weiter machscht, na wirscht scho recht! Wege der Rose brauchst Dich net sorge, ob die mir oder dem Mädle Freud macht – Hauptsach' sie macht überhaupt!

Dafür hab i heut mei Freud an Dir. Weiß jetzt, daß Du emol koin ungehobelter Klob wirscht, wo seiner Frau koi lieb's Wörtle gebe kann! Schlaf gut, Oskarle!« Und dann hat sie mir noch einen Kuß gebe – und i war so glücklich. Vielleicht sogar mehr noch, wie wenn's die Gerlinde g'wese wär...

Der Harzer Roller

Einen Vogel hat sie auch ghabt, mei Tante Mechthild. Einen echten »Harzer Roller«. Mir hat dieser Kanarienvogel mal arg Kummer gemacht, weil nämlich dr Tante Mechthild ihr ganzes Herz an dem g'hängt isch. In d' Ferien in dr Schwarzwald isch se g'fahre, und i hab auf den »Fridolin« aufpasse derfe, müsse oder welle. »Gell, Oskarle, pascht immer schö auf, daß älle Fenschter zu send, eh Du's Türle vom Fridolin seinem Käfig aufmachscht!« I hab aufpaßt – und wie! Auf meinem Schreibtischle hat dr Fridolin einen Ehrenplatz eingenommen und hat mich natürlich beim Hausaufgabe-mache arg abgelenkt. Weil i dem au unbedingt neue Flötentöne hab beibringe welle! Und seinen Äpfelschnitz, auf den der Fridolin so scharf war, hat er au jeden Tag von mir kriegt. Sogar g'schält. Hano, und dann war eben mal mein Freund, dr Willy da – und mir habet uns redlich einen Äpfel mit dem Fridolin geteilt. Und dann wollt der Willy bloß seinen Apfelbutze zum Fenschter nausschmeiße in de Garte – und dr Tante Mechthild ihr Fridolin des sehe und hinterher – durch's Fenster war eins! Oh, mir send glei nach, der Willy und i, um den Fridolin wieder einzufange. Aber der hat sich so wohlgefühlt auf unserm Kirschebaum und isch no au glei weiter g'floge auf de Birnebaum vom Nachbar...! Der Vogel hat sich g'freut über sei' Freiheit und i bin – als kleiner Bua schier verzweifelt. Hab mei ganzes Taschegeld zammezählt und bin in die Zoohandlung. »Ob mr für 97 Pfennig einen gebrauchten gelben Kanarienvogel kriegen könnt? Einen echten Harzer Roller?« Damals hat man so was noch für 2 Mark fünfzig kriegt. Es war eine arg nette Frau in der Zoohandlung, die hat mir einen gelben au für meine 97 Pfennig gebe. Den Rest könnt ich mit meinem Taschegeld abzahle, in Raten, s' Jahr über. Weder meiner Mamme noch meinem Babbe hab ich was von dem Abzahlungsg'schäft verzählt. Hab bloß hehlinge den neue »Harzer Roller« in den Käfig vom Fridolin g'setzt und dem au wieder Äpfelschnitz – schö' g'schält – anbote. Hat der aber verschmäht! Noch nicht einmal Kopfsalatblätter hat der anpickt! Bin schier verzweifelt. Dann isch mei Tante Mechthild vom Schwarzwald heimkomme, glei in mei Zimmer g'stürzt – gelb war der Fridolin der Zweite au! – nix gemerkt hat sie also. Mich umarmt: Hab Dir au was Schönes mitbracht!« Weiß noch wie heut, ein Kuckucksührle wars und ein Wetterhäusle, wo dr Mann ohne Hut rauskommt, wenn d' Sonne scheint. Und die Frau mit dem Schirm, wenn's regnet. So richtig freue könne hab i mi aber net. »Oskarle, hascht so fei auf meinen Fridolin aufpaßt!« Oh, hat mir des Stich gebe in mein damals noch ehrliches Herz. Drei Tage später hat mei Tante Mechthild verkündet: »I weiß gar net, was mit meinem Fridolin los isch. Der mag koine Äpfelschnitzle mehr! Aber jetzt isch er dann nimmer allein. Mei Nachbar, dr Röckle, dem isch nämlich ein gelber Kanarienvogel zugfloge. Aber der hat doch zwei Katze. Jetzt hab i den Harzer Roller nebe de Fridolin g'stellt. Was glaubt ihr, wie des neue Tierle zutraulich isch. Und Äpfelschnitz mag des au!«

Muß ich noch sage, daß i bloß drei Woche lang mit meinem schlechte Gewisse hab rumlaufe könne. Und wie wohl es mir war, wie i meiner Tante Mechthild älles hab beichte könne. »Oskarle«, hat sie g'sagt, »bischt scho ein arger Lausbub! Aber daß Du Dir zu helfe weischt, des freut mich! Aus so Lompekerle werdet später die beschte Männer! Und was soll's au? Dei Tante Mechthild hat ebe jetzt zwei Vögel!«

Sommerschlußverkauf

Mei Tante Mechthild hat immer schon Wochen vorher zum Sprung angesetzt, und auf los ging se los. Hat gewinne welle um jeden Preis. Und da isch dann au mal mein weißes Traum-Badehösle mit blauem Gürtel und Reißverschlußtäschle auf dr Streck bliebe. Ende Mai hab ich's scho im Schaufenster liege sehe. Und um die Zeit hat au mei Mutter g'sagt: »Dr Oskar braucht o'bedingt e neus Badehösle!«

»Kriegt er von mir!« – hat Tante Mechthild entschiede. Und mei Mutter war froh, weil mir's damals net so arg dick g'hett hän. Na hab i dann dr Tante Mechthild mei Wunschtraum-Badehösle im Schaufenster zeigt: »Kerle!« – hat se g'sagt – »eine weiße Badehose tät Dir grad no fehle! Oimal ins Gras hocke, und scho hascht grüne Flecke am Hentere. Und des blaue Gürtele färbt doch ab in dr Wäsch. Und der Reißverschluß roschtet bestimmt im Nekkar. Und überhaupt: 7 Mark 50! Im Ausverkauf krieget mir des mindestens um d' Hälft billiger!«

Bis Ende Juli bin i den Sommer halt in mei'm alte Turnhösle bade gange. Und wie endlich Sommerschlußverkauf gwese isch, war mei schönes weißes Badehösle natürlich weg. Des hat längst ein anderer

kleiner Bue trage, wo net auf sei preisbewußte Tante angewiese war. Heule hätt i kenne, aber net derfe: »Hano Oskar, wirscht mir doch kein Gigolo sei welle, wo bloß auf seine Kleider guckt?!« – Guckt habet dann meine Freund', wie i mit meiner neue hennadrecklesgelbe Badhose ankomme bin. Sehr günstiges Sonderangebot für 1,95 Mark! Dreimal hab i se umschlage müsse an de Füß. Die Tante Mechthild hat immer älles auf »Zuwachs« kauft, weil »Kender so arg schnell wachset.« A Gürtele war natürlich kois dra. Bloß so ein dünnes Gummile im Bund, wo scho arg ausgeleiert war, weil des hennadrecksgelbe Badhösle zu lang in dr Sonn im Schaufenster g'lege isch. Krampfhaft hochziehe müsse hab i immer des Glomb und bin deshalb au ausglacht worde: »Hoch, hoch, hoch – dr Oskar isch a Schlämperle – und glei kommt raus sei' Bämperle...«
So unsittliche Sache hat mei Tante Mechthild natürlich geflissentlich überhört. Und wie mir dann mitten auf dem grünen Neckarstrand s' Gummile im Bund von sellem hennadrecksgelbe Badhösle g'fatzt isch, hat sie, mittels einer Sicherheitsnadel, die sie immer in ihrem Brillenetui parat ghet hat, größeres Unheil – also »s' Über de Hentererutsche« verhindert. I ben vielleicht g'hänselt worde! Damals hab i mir mit meine neun Jahr fest vorgnomme, lieber ein Gigolo zu werde, als mich immer von dr Tante

Mechthild kujoniere z' lasse. Natürlich hat se's bloß gut g'meint! Aber meine ganze Kinderzeit war immer »Schlußverkaufs-überschattet«! Gefütterte Handschuhe, Winterstiefel, a warme Kapp ond en Norweger-Pullover hab i immer erscht Ende Januar kriegt. Um d' Hälfte billiger ebe. Daß man im November schon friert, hat mei Tante Mechthild nie gelte lasse. »Oskarle« – hat se immer g'sagt – »wenn Du in Deinem Lebe immer zu schnell nach dem grapsche tuscht, was grad in de Schaufenster anbote wird, bringschts nie zu ebbes. Au s' Warte-könne muß mr lerne! Wirscht mir doch koi S'Geld-zum-Fenschter-naus-Schmeißer-Lomp werde welle...!« Recht hat se net immer g'habt, meine Tante Mechthild. I ben kein Gigolo worde – und auch – noi, au koin Lomp, wo s' Geld nausschmeißt. Aber – wenn i mir die Sach heut so überleg – hätt i damals des weiße Badehösle glei kriegt mit dem blaue Gürtele und Reißverschlußtäschle vorne – die Freud drüber hätt i garantiert längst vergessen. Aber an des hennadrecksgelbe mit dem Gummile, wo g'fatzt isch – erinnere ich mich heute noch. Und i mein halt, daß Erinnerungen arg wichtig sind! Heut kann i mir jede Badehose – frei nach Wunsch – kaufe. Aber mit so vielen Erinnerungswerten belastet wie selle hennadrecksgelbe – wird nie mehr eine sein...

Feierabend

So richtig Feierabend hat mei Tante Mechthild eigentlich nie gmacht, sie hat immer wieder ebbes zu tun g'funde. »Jetzt isch aber Feierabend«, hat se bloß g'sagt, wenn i ei Bonbole oder Schoklädle nach em andre g'veschpert hab. Und um die Einmachzeit, da hat die doch bis spät in d'Nacht nei G'sälz eikocht. Ihr Prestlengs-G'sälz war ihr älles. Da hat se immer wieder so zwei Kaffeelöffele voll auf ein kleines Tellerle, ob's fescht wird. Und i hab mi immer g'freut, wenn's noch net recht geliert hat, weil i dann die Versucherle hab esse dürfe. So auf e frischs Knäusle, des war prima! Mit hochrotem Kopf isch se am Küchenherd g'stande. Kohleherd natürlich, weil mr da glei s' Wasser zum Gläsle spüle hat heiß mache könne – und hat wie ein Heftlesmacher aufpaßt, daß ja nix überkocht. Dr Kaiser von China hät komme könne, mei Tante Mechthild wär net von ihrem G'sälzhafe gwiche. »Oskarle«, hat se dann g'sagt – »wenn mr ebbes recht mache will, muß mr dabeibleibe. Derf an nix anderes denke, sonscht gibt des kei Sach. Des muscht Dir merke für's Lebe!« Aber einmal hat ihr dann doch dr Zeppelin s' G'sälz verhagelt. Des hat mr sich damals net durchgehe lasse, wenn die Riesezigarr' so majestätisch von Sendelfinge her . . .

Isch also au mei Tante Mechthild auf dr Balkon grennt und hat mit mir zamme guckt und sich dr Hals verrenkt. Sie hätt gern Reise g'macht, immer e bißle Fernweh g'habt, aber damals hat mr ja noch net so könne, wie mr heut gern tät. »Oskarle« – hat se auf em Balkon zu mir g'sagt – »muscht fescht lerne in dr Schul, damit emal viel Geld verdienst. Na kannst vielleicht Du emal mit dem Zeppelin nach Amerika fahre. I tät's Dir gönne!« Und dabei hat se Augewässerle kriegt – und i auf eimal au. Aber des isch an dene Rauchschwade g'lege, wo aus dr Küche komme send. »Heilig's Blechle, mei schönes G'sälz!« hat Tante Mechthild brüllt – »der dubblige Zeppelin wird mr's doch net verhagelt habe!« Schneller als mei Tante ben i in d' Küche g'saut, hab glei g'sehe, daß die Hälft vom G'sälz schon auf'm Küchebode romgloffe isch. Tapferle hab i die ander Hälft, wo noch im Hafe graucht hat, glöscht. Einen ganzen Wasserkessel voll hab i nei'gschüttet. Mei Tante Mechthild isch schier in Ohnmacht g'falle. Wenigstens den Rest hätt mr doch vielleicht noch rette könne! Und älles hat bebbt, wo mr bloß nag-'langt hat. War scho e Mordssauerei. »Jetzt könnet Mr ›Schwan-kleb-an‹ schpiele!« – wollt i se tröste. Hat se erscht bös guckt, aber des muß i sage, unge-recht war se nie. Andere hättet jetzt ihr Wut an so me kloine Bua ausg'lasse, net so mei Tante Mechthild. »Oskarle, Leut, wo große Rede haltet und sich dann selber net danach richtet, dene darfscht nie traue. Und zu dene gehör nämlich au i. Von wege sei Sach recht mache und immer beim G'schäft bleibe! Und dann muß bloß dr Zeppelin komme und scho isch...! Noi, noi, mr sott mir grad dr Buckel vollhaue. Aber vielleicht lernscht Du es bälder: Erst wenn g'schafft isch, darf mr z' Träume a'fange! Erscht dann hat der Mensch ein Recht auf Feierabend!«

Zu gut für diese Welt

Im Frühling isch mei Tante Mechthild als schier nübergschnappt, wenn sich die erschte Kroküssle und Schneeglöckle und Gänseblümle durch's eisbokkelharte Wintergestrüpp durchboxt habet – in ihrem Garte!
Sie hat wirklich eine arge Freud g'hett am Frühling! Und i soll... damals... so verzählt man mir des wenigstens, au ein herzensguter Kerle gewesen sein... der am liebsten die ganze Welt verschenkt hätte, ohne zu frage, wem sie ghört. – Mittlerweile hab ich natürlich dadrin au einige Fortschritte gemacht! Obwohl – genau weiß ich au heut noch net, wem die Welt gehört – oder gehören sollte?!
Aber lassen wir das. Im Frühling isch's passiert, als die Tante Mechthild schier verzweifelt isch: – »Oskarle, daß Du mir au so was antuscht!«
Ond dabei hab i ihr doch bloß e Freud mache wolle! I hab nämlich die Kroküssle, Schneeglöckle, Gänseblümle und Tausendschönchen in ihrem Gärtle abgrupft, um meiner lieben Tante Mechthild e schöns Sträußle zu brenge. Für auf's Klavier oder s' Kredenzle. »Heidenei, Oskarle, was hascht au jetzt wieder angstellt.« Arg verschrocke bin ich. Ich hab ihr doch bloß a Freud mache wolle. I hab doch net

wisse könne, daß ich sie damit um eine noch größere gebracht hab. Um die Freud nämlich, daß d' Leut vor ihrem Garte stehe bleibet und saget: »Guck au, wie's da schön blüht!« Des abzopfte Sträußle aufm Klavier habet die Leut ja von dr Straß aus net sehe könne. Grad verkehrt war's also. Aber weil die Tante Mechthild g'merkt hat, daß i des net aus Bosheit, sondern bloß aus Liebe gmacht hab, isch se pädagogisch vorgange:

Unter dem Gartenbeet tät ein armer, verzauberter Königssohn liegen und der könnt nur erlöst werde, wenn man 100 Jahre lang koi einziges Blümle über ihm abzopfe tät. Heidenei, bin i da verschrocke. Hab's natürlich sofort sein lasse, aber au wisse welle, warum der Kerle ausgerechnet in dem Garte von dr Tante Mechthild verzaubert schlafe muß. Und net im Schloßgarte von seinem Babbe, dem Herrn Keenig. Diese logische Frage hat Tante Mechthild glei wieder pädagogisch gnutzt: Verärgert sei sein Babbe gwese, weil der Bue halt oifach älles hätt habe welle. Einen Tretroller und Rollschuh mit Doppelkugellager und e Fahrrädle mit Dynamo und ein Ponyle au noch. Und immer hätt er mit einem Küchenmesser die Fünferle und Zehnerle ausm Sparkässle rausgholt – und sich für des viele Geld Himbeerbonbole kauft. – »Ha, der war ja no grad wie i!« – isch mirs rausgfahre. Tante Mechthild hat kummervoll mit dem Koof g'nickt. Und i hab nimmer aufhöre könne, an den arme Königssohn zu denke! Der Kerle hat mir so leid getan, 100 Jahr lang – ond koi einzigs Himbeerbonbole. – A schlimmere Strafe hab i mir damals net vorstelle könne. I hab net andersch könne, i hab mei Sparkässle bis auf de letzte Pfennig leer g'macht, und eine große Guck voll Himbeerbonbole kauft. Ond koi einziges selber gesse. Um jeden Krokus rum, um jedes Blümle hab i Bonbole g'streut. Dabei halt au einige Blümle zammedappt, trotz ällem Aufpasse! Mei Tante Mechthild hat schier dr Schlag troffe. Aber Schläg' hab i natürlich koine kriegt. Im Gegenteil, in dr Arm hat se mich gnomme und fescht drückt: »Oskarle, was soll aus Dir bloß werde? Oiner wo so e guts Herz hat wie Du, kanns doch nie zu nix bringe auf dere Welt. Muscht unbedingt härter werde, Büble!«

Ja, so war se, mei Tante Mechthild! Und i hab mir des halt z' Herze g'nomme – und bin mittlerweile scho e bißle härter worde... zumindescht, was Himbeerbonbole angeht.

Lieber arm als krank

Mei' Tante Mechthild hat des früher immer anders g'sagt: Weiß i noch ganz genau, weil ich mich deswege oft mit ihr verstritte hab. Hab i was welle, was viel Geld koschtet hat, isch prompt komme: »Oskar, sei z'friede, lieber arm als krank!« I wär' aber damals lieber reich und ... na ja, was hab i als Bue schon vom Kranksein g'wußt. E bißle Halsweh, dr Huschte, Mumps, Masern, Windpocke! So schlimm war des doch gar net, und außerdem isch's eim da immer gut gange, mr hat was extras' kriegt, isch recht verwöhnt worde. Die ›Paar-Tag-im-Bett-liege-müsse‹ hätt i fürs Reichsein scho in Kauf gnomme. Ja, und dann isch ebbes passiert, wo i mei' Lebtag net vergeß'. Tante Mechthild hat g'wonne bei dr Klasselotterie. Wieviel hat sie keinem g'sagt, des hat außer ihr bloß die Städtische Sparkasse merke könne. Aber s' gröschte Wunder war, daß se zu mir g'sagt hat: »Oskarle, du darfscht dir was wünschen. Kriegs*cht'st* von mir kauft. S' derf ruhig ebbes ganz Unnötiges sein. Und scho a bissle mehr wie bloß e Guck voll Bonbole!«

Heidenei, bin i da in Schwulitäte komme. A Fahrrädle, Armbanduhr, Wellensittich oder Wetterhäusle? Ein Pony hätt i au gern g'hett oder e

Hundle, Boxhandschuh, Taschelamp, Rollschuh.
Wollt ja au net unverschämt sein. Hab dann schüchtern vorgebracht: Geht au e Kasperletheater?
Kriegscht, hat Tante Mechthild g'sagt und isch glei mittags mit mir in Stadt nei. Und hat koi bißle aufs Geld guckt. Net bloß ein schönes Gehäuse, also Theater mit verschiedene Kulisse hab i kriegt, sondern außerm Kasperle und em Seppel und dr Tante Gretel au noch dr Schutzmann und en Räuber, Prinzessin und Keenig und ein Krokodil. Also i bin mir vorkomme wie im Schlaraffenland und die Tante Mechthild hat des viele Geld, des des alles gekostet hat gar net weh getan, die hat sich schier noch mehr g'freut wie i. Und vor lauter Freud' hat sie mir au noch ein paar Schuh spendiert, und die hab i sogar glei anziehe dürfe im Lade – net erscht am nächste Sonntag wie sonst. Und dann sind wir au noch ins Cafe gange und i hab b'stelle dürfe, was i habe wollt. Cremtorte und Eis mit Schlagsahne und Zitronensprudel, Käskuche und noch e Schinkehörnle, bis i hab nemmer »Babb« sage könne. Aber ebbes hab i doch noch sage müsse: »Siehscht, Tante Mechthild, Reichsein isch halt doch arg schön!« Und dann sind mir heimmarschiert, des Paket, wo i hab trage müsse, isch immer schwerer worde. Bald hab i au nemmer g'wißt, was mi mehr druckt: Dr Mage oder die neue Schuh! Im Treppehaus bin i na'ghagelt.

Hab mir die Stirn und die Nas' aufg'schlage und beide Knie. Und dann isch' mir schlecht worde, soo schlecht war mir's noch nie! Tausend Mark oder mehr hätt i glatt gebe, wenn mir's bloß wieder besser worde wär. Und dann au noch Jod auf die Knie, d' Nas' verbunde und die Stirn – und an de Füß' Mordsblase von dene neue Schuh! Ich hab gar koi Freud mehr g'hett am Kasperltheater – am Reichsein. Nach drei Tasse Pfefferminztee hat sich dann wenigstens mein Mage restlos geleert, aber arg elend war mir's immer noch. Dann isch mir's komme: G'sond sei isch vielleicht doch noch schöner als Reichsein?! Aber die Tante Mechthild war eine Pfundstante, hat die Situation gar net ausgnützt: »Ha komm« hat se bloß g'lacht – »natürlich isch am allerbeschte reich *und* g'sund! Aber d' Hauptsach isch: Z'friede muß mr sei, so und so, des isch's, Bue!« Des hab i mir g'merkt – und bis heut noch nicht vergesse.

In Sachen Sex

A bißle verklemmt war sie vielleicht scho, mei Tante Mechthild. Mei Vatter hat sie als in Rage bringe könne, wenn er im Winter Schneemänner baut hat!! Der hat jedem Schnee*mann* immer eine Schnee*frau* zugesellt. »Ha heidenei«, hat er gmoint, »der kann doch net die ganz Nacht da allein in dr Kälte rumstehe...!!!«

Hat sich mei Tante Mechthild immer aufgregt: »Was sollet au d'Leut denke!!! Und für dem Oskarle seine sittliche Entwicklung isch des au von Übel!«

Heut kann ich des im Brustton der Überzeugung behaupte, der eiskalte Schnee-Riesenbusen vom mei'm Babbe seiner Schneefrau isch mir erscht aufg'falle, nachdem mich die Tante Mechthild draufg'stoße hat! Mir hat der Faltenrock von der Schneefrau immer viel mehr imponiert! Und den hat mei Babbe mit em Gießkännle gmacht. Net mit der Große vom Garte, mit dem kleine Kännle, wo er die Zimmerlinde und dr Gummibaum gosse hat.

Da hat er lauwarmes Wasser nei und dann mit der langen, dünnen Düse ganz vorsichtig Rinnen in den unteren Block vom Schneemann laufe lasse. Saukalt hat's natürlich scho' sei müsse, sonst hätt des Prinzip ja net funktioniert! Hät's keinen Faltenrock gebe.

Also wie g'sagt, i hab als kloiner Bub die Schnee*frau* eigentlich immer nur am Faltenrock und am »Mopp«, wo sie anstelle des Zylinders vom Schnee*mann* auf dem Kopf hatte, erkannt. Der kleine Unterschied, daß die oberum üppiger gwese isch, wär mir nie aufg'falle, wenn's die Tante Mechthild nicht beanstandet hätte. Und i hab au damals noch net verstande, daß mei Babbe g'hänselt hat: »Bischt ja bloß neidisch!« Dann hat mich die Tante Mechthild resolut an dr Hand packt und bäfft: »Solang i da ben, sorg i dafür, daß der Bue net sittlich verdorben wird!« Kaum hat sich dr Babbe in dr Wohnstub' bei seim Schnäpsle wieder aufgwärmt ghabt, isch sie hehlinge in d'Küch, hat sich's Gießkännle mit warmem Wasser gfüllt, um nach dem gleichen Prinzip die Schneefrau »obenrum« wieder einzuebnen. Dann war die sittliche Moral ihrer Welt wieder in Ordnung: »Oskarle, für das Andere hasch Du no Zeit.« Gut gmeint hat sie's, vielleicht war's au gar net so schlecht, au wenn i längscht weiß, daß der eiskalte Schnee-Riesenbusen vom Babbe seiner Schneefrau meine Entwicklung weder gestört noch gefördert hat...! Bloß – Tante Mechthild hat's net wisse könne... und heut send die beste Pädagoge und Psychologe halt leider au noch net viel g'scheiter als damals mei Tante Mechthild.

Schwach auf der Bruscht

Also wenn ich so zurückdenk, im November hab ich als kleiner Bub eigentlich immer dr Huste ghabt! Wie oft hat mei' Mutter verzweifelt gsagt: Hört denn die Bellerei gar net auf?! Und mei Tante Mechthild drauf mit spitzer Zunge: »Der Oskar isch halt e bissle schwach auf dr Bruscht! Dagegen muß mr was tun!« Barbarisch waren die Heilmethoden von der Tante Mechthild! Einen schwarzen Rettich und zwei große Zwieble hat sie ganz fein gerieben und den Saft auspreßt. Und des ganze Zeugs noch mit Kandiszucker aufkocht. Und dann hab ich des trinken müssen...

Meine praktischen Vorschläge hat sie einfach überhört: Daß man den Rettich doch auch mit Salz und Essig und Öl anmachen könnte. Und die Zwieble dämpfe und auf e Stückle Roschtbrate lege. Und wenn ich dann als Nachtisch die Kandiszuckerbrökkele schlotze dät, na hätt ich doch auch »alles gege den Huste eingenommen, ond schmecke dät's au besser...?! Des Zeugs!« – »Des isch koi Zeugs, des isch Medizin!« – hat die Tante Mechthild dann g'faucht – »und Medizin darf net gut schmecke, sonscht isch's keine!« – Da hat mr nix mache könne, gege die Tante Mechthild war au mei Mutter machtlos. Und außerdem war ihr halt au jedes Mittel recht, wenn i bloß wieder gesund werde dät!

»Vor allem muß der Bue fescht schwitze« – hat die Tante Mechthild dann angeordnet. »Also muß er drei Tassen Lindenblütentee trinken, kriegt einen Gänsfettwickel um die Bruscht – und wird ins Bett g'steckt.« Eine Wollmütze hab ich auch noch aufsetzen müssen, einen Schal um den Hals und Bettschuh an de Füß – so hat die mich dann unter drei Bettdecken vergraben... Und sich mit ihrem Strickzeug neben mein Bett g'setzt und aufpaßt wie ein Schießhund, daß ich au ja net mit dem kleine Finger des Deckbett lupf...

Also den Geruch von dem warme Gänsfettwickel hab ich heut noch in dr Nas...

Und immer noch hör ich die Stimm von dr Tante Mechthild: »Wenn Du richtig naß gschwitzt bischt, Bue, na sagscht's, dann frottier ich Dich ab, und na mache mr einen frischen Gänsfettwickel um Dei Bruscht...«

Einmal hab ich se aber doch dran kriegt. Hab einfach so getan, als ob ich schlafe dät, au e bissle g'schnarcht und so. Auf Zehenspitzen isch mei Tante Mechthild nausg'schliche in d' Küch' zu meiner Mutter und hat befriedigt verkündet: »Jetzt schlaft er sich g'sund, der Oskar!«

Von wege! Kaum war die Küchentür zu, bin ich

rausghopst aus dem Brutkaschte – ins Wohnzimmer – da war nämlich s' Radio. Ich hab's ganz leis gestellt. Die Musik, die mr da hat hören könne, des war alles wie ein Wunder für mich, fast so schön wie Weihnachten... Vor Aufregung hab ich immer rote Backe kriegt! Und wie ich dann gehört hab, daß die Küchentür wieder aufgeht, bin ich wie ein geölter Blitz in mei' Bett g'saust, hab mich wieder fescht zudeckt und mei Tante Mechthild ganz lieb angelächelt. »Guck au« hat sie selig zu meiner Mutter g'sagt – »wie der Gänsfettwickel schnell gewirkt hat! Sogar rote Bäckle hat er scho wieder! Der hat's überstande!« Bloß wie – das war mein Geheimnis!

Die Tante Mechthild hat halt immer Sorge um mich g'habt: »Was soll au aus dem Oskarle mal werde, wenn er als Kind schon so schwach auf der Bruscht isch?!« Daß ich's heut nemme bin, verdank ich meiner Tante Mechthild.

Wohin mit dem Streß

Streß muß net obedingt was Neumodisches sei. Streß hat mei' Tante Mechthild bestimmt au scho' g'habt. Bloß hat sie dann halt net g'sagt: »Heut bin i total g'streßt!« – sondern – »Ich bin fix und fertig bis auf's Leime! Könnt grad naus, wo koi Loch isch!«

Im Winter, wenn's g'schneit hat, isch des oft passiert: »Also wegen dem Bullinger ärger' ich mir noch Läus' auf dr Kopf!« Der Bullinger war ihr Nachbar. Zwische dem seinem Häusle und dem von dr Tante Mechthild war a Stückle Niemandsland. So ungefähr 5–6 Meter breit. Des hat der Gemeinde g'hört. Und wenn's g'schneit hat, habet die natürlich net extra jemand g'schickt, wo den Schnee wegmacht oder Asche streut. Der Nachbar Bullinger hat halt den Schnee vor seinem Grundstückle g'fegt – und Tante Mechthild den vor ihrem. Und auf dem Stückle dazwische, isch er halt liegebliebe. Ond des hat mei Tante Mechthild jedes Mal kreuznarret gmacht. »Er könnt doch die Hälfte und ich die Hälfte... no war dr Katz gstreut«. »Noi«, hat der Bullinger immer abgelehnt, »goht mi nix an! Für den Schnee isch die Gemeinde zuständig!«

»Aber wenn ebber na'hagelt und sich's Kreuz

bricht, na isch des doch dem seins und net dr Gemeinde ihrs!«, hat Tante Mechthild logisch reagiert.

»Goht mi nix an, für den Schadenersatz isch die Gemeinde zuständig!«, hat der sture Bock zurückgebe.

Um ihr Gewissen zu beruhigen, hat die Tante Mechthild dann meistens die Hälfte von dem Gemeindestückle, da wo's an ihr Grundstück angrenzt, mitg'fegt. Und dann – ich seh's no wie heut – hat se immer henter em Vorhang durch's Fenster g'spitzt, ob der Erdefetz vielleicht, angeregt durch ihr gutes Beispiel, au auf die Idee käm...

Isch der aber nie. Der Schnee isch liege bliebe. Mei Tante Mechthild isch am Tisch g'hockt – koi Streichhölzle hätt mr an se nahalte dürfe, sonscht wär se explodiert. Des isch immer so eine Viertelstunde lang gange, dann isch se aufg'schtande, hat wutschnaubend und funkesprühend ihr Schneeschaufel gnomme und hat die andre Hälfte von dem Gemeindeeigentum au no sauber g'macht. Natürlich scho' dafür g'sorgt, daß ein paar gehörige Schneebolle wieder auf dem Bullinger seim Straßenanteil g'landet sind. Und dann isch se strahlend wieder in d' Stub komme, hat sich e Schnäpsle ei'gschenkt: »Mr muß ja net so blöd sei' wie d'andere! Der Klügere gibt nach! Weisch, Oskarle, des muscht dir merke:

76

Daß so Allmachtsbachel auf dr Welt rumlaufet, da kannscht nix dra ändere. Mr muß bloß aufpassen, daß solche Haderlompe au net no andere schädiget. Sich wege so einem bleede Gischpel au no ärgere, dafür isch mir meine Leber z'schad! Wege so einem Grasdackel, Allmachtsbachel, Krampfbolle, Brettlesbohrer!« Wenn i mir dees heut so überleg, hat die Tante Mechthild genau richtig gehandelt. Die hat ihren Streß nicht nur verbal abreagiert, sondern auch physisch, mit der Schneeschaufel und so ihren Adrenalinüberschuß ab'baut. Nachher war's ihr immer wohler, und hat mich meistens beim anschließenden »Mensch ärgere dich nicht« gwinne lasse.

Eine schöne Bescherung

Zu mir isch's Christkindle amol richtig echt komme. Ein frisch g'stärktes weißes Nachthemd hat's ang-'habt, von meiner Oma. Die Valencienne-Spitzle um dr Hals waret e bißle ausgrisse, daran hab ich's g'merkt! Ond au die lange blonde Locke sind mir sehr bekannt vorkomme. Mein Onkel Eugen war nämlich im Theaterverein, und dort habet die no net emale vor em »Zar und Zimmermann« zurückg-'schreckt. Den Bürgermeister hat er da drin g'spielt, wo singe muß: »Ja, ich bin klug und weise, und mich betrügt man nicht...« Aber mich auch nicht, hab' ich mir g'sagt und wie mich's Chrischtkindle mit em Onkel Eugen seine Theaterlocke ond säuselnder Stimme g'fragt hat: »Weißt du, wer ich bin, Oskarle?« – ₊hab i g'schrie: »Jawoll, mei' Tante Mechthild!«

Arg enttäuscht war sie und vor allem bös auf mein Babbe, weil der au no g'lacht hat. Im nächste Jahr hat se's ihm aber heimzahlt. Im Theaterverein war der Spielplan geändert worde. Für den Nikolaus hat mein Vatter des Kostüm vom Wilhelm Tell ausge- borgt. Und so en lange Bart natürlich, und eine Rute und einen ganz großen Sack. Tante Mechthild war dagegen, weil ich nachts sowieso so unruhig schlafe dät. Auf de Schoß hat sie mich g'nomme, wo ich mich ziemlich sicher g'fühlt hab. »Brauchscht koi Angscht habe, Oskarle, der Nikolaus derf dir nix tue. Dei Tante Mechthild paßt auf Dich auf! Ond wenn er dich ebbes fragt, sagscht oifach immer »Noi«, bloß »Noi«. – I war froh, mehr hätt ich sowieso net rausbracht. Dann isch er also komme, der Nikolaus und hob mit tiefer Stimme an: »Bist du auch immer brav gewesen, mein Kind?« – »Noi« hab i g'sagt, was gar net g'loge war. »Willscht du mir ein schönes Gedicht aufsagen, mein Kind?« »Noi« – hab ich ganz schnell g'sagt, weil ich au wirklich hab net welle. »Tust du auch immer deine Schuhe schön ordentlich putzen?« Hab ich wieder »noi« g'sagt, weil's stimmt. »Soll ich dich in meinen großen Sack stecken?« Also, welches Kind wird da schon »Ja« sagen! Der arme Nikolaus isch schier verzweifelt, weil ihm nix mehr eigfalle isch, ond Tante Mechthild hat lieb und unschuldig gelächelt. »Ja, bist Du denn nicht der kleine Oskar Müller?« – hat er dann g'fragt. Ich hab Tante Mechthild a'guckt, die hat dr Kopf g'schüttelt. Also hab ich wieder tapfer »Noi« g'sagt. Und sie dann: »Sehet Sie, Herr Nikolaus, Sie sind im falschen Haus. Sie habet sich getäuscht! Oskarle, hol schnell dein Babbe, damit er dem Nikolaus zeige kann, wo's naus goht!« Ich bin natürlich schnell vom Schoß g'rutscht und hab zur Tür nausgrufe: »Babbe, Babbe, komm mal schnell, bei ons isch en falscher Nikolaus!« Heidenei hat er dann lospoltert ond sich sein kitzlige Bart rontergrisse. Gar nimmer feierlich war's, bis ich hab lache müsse. Na hat mein Babbe halt au g'lacht und g'meint, bei mir dät's eh nimmer drauf a'komme, wo ich bald sechs werde dät und mit meiner Tante Mechthild wär ich g'nug g'straft. Da bräucht ich wirklich koin Nikolaus mehr! Aber dann isch's doch noch recht schön und gemütlich worde, denn die Bratäpfel, wo mei Tante Mechthild mit viel Butter und Zucker und Zimt aus em Ofe g'holt hat, habet au dem »falsche Nikolaus« g'schmeckt. Was hat mr früher in den sogenannten gutbürgerlichen Kreisen net älles do, um seine Kinder auf dr rechte Weg zu bringe. Vielleicht war's net immer recht, aber schö' war's halt doch . . .

Schneeballsystem

Mei' Tante Mechthild hat an Silvester immer g'sagt: »Oskarle, ich weiß, daß Du gute Vorsätze hascht. Für jeden Tag, wo Du es fertig bringscht, ganz brav zu sei, kriegscht von mir ein Zehnerle!« Sie, so ein Zehnerle war damals en Haufe Geld. Dr halbe Bäkkerlade hat mr auskaufe könne. Eine Schneckenudel um drei, Gummimännle, Lakritze, Brausepulver mit einem Hauchbildle oder so eine Wundertüte mit eme Polizeipfeifle um 5 Pfennig... Was hat es damals für Herrlichkeite gebe om a paar Pfennig! – aber ich hab damals – Entschuldigung – alles ond noch mehr habe wolle. In meinem Zimmer – ganz für mich allein – einen eigenen Globus. Zum Drehe und Gucke, wo dr Nordpol isch, Indianer oder Berlin, Amerika oder Afrika, damit ich wenigstens mal die Entfernung abschätze kann, wo ich überall unbedingt hin will, wenn ich erscht amal groß bin...

Genau 14 Tag lang hab i's g'schafft. 14 Zehnerle von dr Tante Mechthild! Ja, da hat's nix gebe, die hat fei immer g'halte, was sie versproche hat. Eine Mark und vierzig hab ich g'habt, als mir sechs Eier einen Strich durch den erträumten Globus g'macht habet. Sechs Eier nämlich hat die Frau Büchele in ihrem Einkaufsnetzle heimtrage. Zwei Häuser weiter hat sie g'wohnt. Sie war kei Gute. Ich hab' sie net möge und meine Tante Mechthild au net. Aber trotzdem hab' ich mit meinem Schneeballe wirklich bloß meinen Freund, dr Willi, treffe wolle. Und ganz bestimmt nicht die sechs Eier im Netzle der Frau Büchele! Aber drei waret halt he! Und um die *drei Eier* hat die Büchele ein G'schrei veranstaltet, grad als ob se die selber g'legt hätt! Und was des *heut* für Kinder wäret, hat die *damals* tobt! Auf große Leut' mit Schneeballe schmeiße und so! Sie könnte sich schon vorstelle, was aus solche freche Kinder mal wird!, – hat die Frau Büchele sich empört! Und isch natürlich schnurstracks zu meiner Mutter gange! Auf die Idee, daß mr mit e bißle Petersilie, Salz, Milch und Mehl aus drei, vom Schneeball getroffene »Eier« einen prima Pfannenkuche machen kann, isch die natürlich net komme! Schlimm war für mich, daß Tante Mechthild g'sagt hat: »Oskarle, mir habet doch ausgemacht, daß Du jeden Tag im Neuen Jahr brav sein willscht und dafür ein Zehnerle ...«

Und da hab' ich oifach losg'heult: »Natürlich hab' ich welle, ganz fescht sogar! Und au bloß dr Willi treffe welle! Kann ich denn was dafür, daß so en Schneeballe daneben geht! Aber jetzt isch mr's egal. Lieber will ich keinen Globus, au wenn ich ganz arg einen möcht! Aber immer dran denke

müsse, daß mr brav sei muß! O Tante Mechthild, des hält koi Sau aus!«
Soll ich noch sage, wie's ausgange isch? So ein Globus hat – damals – viel Geld koschtet! Ond viel hat mei' Tante Mechthild g'wiß net g'hett. Aber immer a bißle was verspart! Scho am nächste Tag isch sie mit mir in d' Stadt gange: »Jetzt kaufet mir einen Globus, Oskarle! Und weißt au, warum? Net bloß, weil Du einen willscht, sondern weil Deine Tante Mechthild möcht', daß Du net meinscht, ein einziger Schneeballe könnt' älles kaputtmache! Dätsch mr ja grad alle Hoffnung verliere und de Glaube!«
Von Sigmund Freud, von Psychologie und moderner Pädagogik hat mei Tante Mechthild noch keine Ahnung haben können... Aber sie hat halt damals scho alles von sich aus recht g'macht, weil sie ein gutes Herz g'habt hat, Seele oder Gemüt oder Innenleben... Weiß net, wie mrs nenne soll...

Platzkonzert

Schirmflicker gibt's heut keine mehr. Eigentlich schade. Mir hat des früher immer arg Spaß gemacht, wenn dr Schirmflicker, dr Schereschleifer, dr Lompesammler, dr Kohlemann, s' Kräuterweible und was es noch alles gebe hat, an dr Haustüre klingelt habet. Schereschleifer zu werde hab ich sogar eine Zeitlang sehr ernstlich in Betracht gezogen, war mir bloß nicht sicher, ob Zeppelinkapitän, wie dr Eckener, noch besser wäre . . .
Schirmflicker hab ich dagege nie werde wolle. Wär auch nicht im Sinne meiner Tante Mechthild gewesen. Mit dene Schirmflicker isch sie nie recht nakomme, hat sie meistens als Schereschleifer bezeichnet. Also, da hat ihr doch mal einer a Löchle in ihrem dunkelgrauen Beerdigungs-Schirm mit einem schwarzen Fleckle zubebbt. Hat mei Tante Mechthild tobt: »Wie steh ich denn da, grad auf einer Beerdigung, wo d' Leut soviel Zeit habet, um einen zu fixieren!« A andersmal hat sie sich ihren Sonntags-Schirm neu beziehen lassen. Die Stängle, also des Schirm-Gerippe, war noch gut und zu schad zum Wegschmeiße. Wie der Schirmflicker dann den Schirm wieder bracht hat, war sie gar net z'friede. Die rote Rosenranken am Rande dätet überhaupt

nicht zu ihrem Salz-und-Pfeffer-Kostüm passe! Aber na hat sie's halt gut sei lasse und zahlt. Am Sonntag drauf schon hat's g'regnet, und mei Tante Mechthild isch trotzdem mit mir zum Platzkonzert auf de Schloßplatz gange. Mittle in des schöne Trompetensolo nei hat's auf einmal einen Paukenschlag do. Genauer gesagt war's die schrille Stimme – wie eine Gießkanne – von der Frau Büchele, unserer Nachbarsfrau. »Ja, jetzt guck au do no, ja saget se mal, wie kommet denn *Sie* zu *meinem* Schirm?« Käsweiß isch sie worde, mei Tante Mechthild: »Als ob sie es nötig hätte – und so ein Verdacht überhaupt, daß sie andre Leut ihren Schirm vielleicht helinge irgendwo und so...« Oh, lang habet die zwei g'händelt, war fast noch interessanter für mich als die Musik. Die Feuerwehrkapell hab ich dann allerdings nicht fertig höre dürfe, weil Tante Mechthild ihren Schirm, für den sie schließlich ehrlich zahlt hat, zammeklappt hat: »Oskarle, mir ganget hoim! Hier ischt kein Platz für anständige Leut!« Mir send dann mit dr Straßebahn heimg'fahre. War mir au recht. Und hente, auf dem offene Peron, hab ich sogar stehe dürfe, weil Tante Mechthild schier koi Luft mehr kriegt hat und Dampf hat ablasse müsse! »Der Schirmflicker, dieser Vivatslomp, dieser Erzschlamper, Gischpel, Galgestrick, wenn ich den Schereschleifer unter d'Finger krieg...!«

Sehet sie, und deswegen bin ich au nie Schirmflicker worde. Denn es war net grad angenehm in dr Tante Mechthild ihre Finger zu komme, wenn sie mal in Rage war . . .

Verspreche ond Halte isch zweierlei

I woiß net, ob's a jedem recht
wenn i verzähl, was i gern möcht:
Mit dr Tante Mechthild aufs Volksfescht gehe,
nochmal die Liliputaner sehe!
»Oskarle«, dät se sage, »därfscht nie vergesse,
wenn wachse willscht, na muscht fescht esse,
sonscht bleibscht so kloi dei Lebe lang...«
Zwei Heringsbrötle kauft se dann.
Mir veschpern in dr Geischterbahn,
wo G'schpenster stehet in alle Ecke.
Auf einmal bleibt des Bähnle stecke.
Dr Strom isch weg, und's Licht geht aus
und Tante Mechthild schreit: wie graus...
wie grauslich isch's und gruselig,
Oskarle, ich fürchte mich!
Tu schnell dei Heringsbrötle esse,
weischt, s' veschpere därf mr nie vergesse.
Du brauchst au net vor Angst zu zucke
und tu mir ja koi Grät verschlucke.
Die G'spenschter hier send doch net echt,
obwohl i arg gern wisse möcht,
warum des Ding net weitergeht,
warum mr stundenlang da steht.
O, Oskarle, was tut uns an

die elendige Geisterbahn?
O, Oskarle, hab bloß koi Angscht,
därfscht dir au wünsche, was bloß kannscht,
därfscht mit dr Schiffschaukel hoch fliege
und au a heiße Rote kriege,
en Luftballon, au Zuckerwatt...
was hab i di Geschpenster satt!
Oskarle, wenn mir's überstehet,
darfscht au zum Riesenweib noch gehe,
wo kämpft mit zwanzig Krokodile,
und därfst au mit Gewehrle ziele.
Und schießt du mir auch keine Rose,
i kauf dir au um zwei Mark Lose.
O, Oskarle, kannscht älles habe,
bloß in dr Geischterbahn vergrabe
für ewig und mit dir alloi,
des möcht i heidenei net sei...
Und i hab alles glaubt und dann,
ja dann gings' Licht halt wieder an.
Die Geischterbahn isch weiter g'laufe,
koi Red' mehr war von mir was kaufe.
»Noi«, hat se g'sagt, »ich hab genug.
Hier isch doch alles Lug und Trug.
Gell, Oskarle, des siehscht daheim
Komm, Oskarle, mir ganget heim.
Zwei Zehner kriegscht in dei Sparkässle,
denn steter Tropfen füllt das Fäßle.

Jetzt guck mi doch net so bös an!
Willscht noch mal in d' Geischterbahn?«
Seit jenem Tag weiß ich genau,
warum ich keinem mehr recht trau:
Denn was man in der Not verspricht,
hielt auch mei Tante Mechthild nicht.

Stockfisch

Meine Tante Mechthild hat viele Freindinne g'habt und auch noch Zeit für a B'süchle mit Kaffee und Kuche. Manchmal hab' ich au mitderfe. Und arg gern bin i zur Frau Maisenhölder mitgange. Weil, die hat nämlich e Mädle g'hett, die Renate! Lange blonde Zöpfle und ein Paar Äugle! In die 1. Klass' bin ich gange, war also in einem Alter, wo Bube sich noch gar net für die Schönheit vom andre Geschlecht interessiert. Aber in selles Mädle hab' ich mi verguckt. Hab's net verhebe könne und sogar meiner Tante Mechthild verzählt, wie arg schön ich die Renate find', und daß ich die unbedingt heirate möcht. War ein Fehler! Denn wie wir wieder zum Kaffee bei dr Frau Maisenhölder waret, hat doch mei' Tante Mechthild brühwarm mein Herzensgeheimnis zum Beschte gebe. Knallrot bin i a'glaufe, hab kaum noch e Löffele Schlagrahm nonterkriegt. Und der Renate war's au arg schenierlich. Aber mei' Tante Mechthild tapfer weiter: »Oskarle, was haschst denn? Magscht doch die Renate, haschst's doch selber g'sagt! Warum hock'scht au da wie ein Stockfisch?« Den Stockfisch hab' ich noch öfter an dr Kopf kriegt. Aber an sellem Tag hat einfach die Kommunikation zwischen mir und dem Mädle net so klappe welle.

Stumm habet mir »Schwarzer Peter« g'spielt. Kein's hat sich traut, de andre au bloß a'zugucke. Mei Tante Mechthild hat kei' Ruh gebe: »So ebbes, hätt' nie denkt, daß mei Oskarle so ein Stockfisch sei kann!« – Die Frau Maisenhölder hat dann den Bann gebroche: Ob mir net zamme e bißle auf dr Veranda spiele möchtet?

Na ja, auf dr Veranda send mir au zerscht noch e Weile dumm rumg'stande. Die Renate hat sich verlegen ihre Ratteschwänzle om dr Finger g'wickelt, und ich hab mich am Ohrläpple zupft. Endlich isch mir eine Idee komme. I könnt ja mit dem Mädle mal des Spiel probiere, wo ich mit meine Freund immer mach: »Renate, ich kann von älle am beschte spucke! Also saumäßig weit! Wie weit kannscht denn du?« Zerscht hat sie komisch guckt, aber bald isch sie nebe mir am Verandageländer g'stande und hat fesch probiert, mich zu übertreffe. Wie's dr Zufall halt so will, hat einen Stock drunter grad in dem Moment a Frau ihr Wäsch' abhänge welle, wie von obe dr Sege komme isch. Ond dann hat die natürlich einen Schrei losg'lasse! Und dann war aber was los! Die Renate hat glei anfange z'heule und ich hab – emanzipiert schon damals – mannhaft alle Schuld auf mich genomme. Jawohl, ich wär's g'wese, ich ganz allei' hätt' nonterg'spuckt! Arg lieb hat mich die Renate drauf anguckt, die Tante Mecht-

hild aber – im Gegenteil. Wie man sich in mir doch täuschen könnt – erscht en Stockfisch markiere, und eine dann so zu blamiere, ein so ganz elender Lausbua zu sein!
Na ja, heut tät ich sage: Es kommt immer auf die Umstände an. Mal Stockfisch, mal Lausbua! Was tut mr im Lebe net alles aus Liebe!

Das Taktgefühl

»Ein gutes Gewissen ist das beste Ruhekissen« – war draufg'stickt auf so me Sofakisse auf meiner Tante Mechthild ihrem »Schässlong«. Manchmal, wenn ich so unverhofft bei ihre nei'gschneit bin, waret die ganze Kreuzstiche auf ihrer Gesichtshälfte abdruckt. Und immer hat sie dann – so verlege und schnell g'sagt: »Grad bin ich mit der Kellertrepp fertig!« Oder: »Grad hab i's Bügeleise aus dr Hand g'legt!« Nie, oms Verrecke nie, hätt sie zugebe, daß ich sie beim Nixtue, beim Ausruhe verwischt hab. »Warom lügt sie bloß so?« – hab ich damals als kloiner Bue oft denke...

Heut weiß ich natürlich warum: Weil man als Schwäbin nie ehrlich zugeben darf, daß mr au mal nix tut. Sein müdes Haupt e Viertelstündle auf ein gesticktes Sofakissen legt! Noi, lieber lüge! Und dabei hat grad die Tante Mechthild mir immer predigt: »Oskarle, merk dir's für s'Lebe! Wer einmal lügt, dem glaubt man nicht!«

Da gab's zum Beispiel die große Familienfeschtle! Geburtstag – Konfirmation – Kommunion – wo die ganze Verwandtschaft zamme komme isch. Mir hat sowas als kleiner Bub immer g'falle! Da war Atmosphäre in der Küche, da war was los – da waren die

Teigschüssle – wo mr schnell mit em Zeigefinger hat e Versucherle klaue könne – und auf'm Herd hat dr Brate bruzzelt und in die fei' Soß' hat mr hehlinge ein Stückle Brot neitunke könne . . . oh, war des gut!
Bei uns war's üblich, daß die Tante Mechthild spätestens am Freitag zum Helfe erschienen ist – und Helfe hat bei ihr g'heiße . . . s'Regiment zu führen! O, und auf'paßt hat die: »Oskar, tuscht Du Deinen Finger aus dem Käs'! Kerle, wie soll ich en rechte Käskuche nabringe, wenn Du den Käs' vorher wegfrischst!« Ich hör's noch, wie wenn's grad gwese wär! Und ich weiß auch noch genau, wie ich die zweite Chance genützt habe! Damals war die Küche noch nicht so praktisch vollautomatisch! Zum Backen hat man die diversen Kuchen zum Bäcker getragen. Und ich hab' mittrage dürfe! Voraus meine Tante Mechthild – hinter ihr – ich!

»Oskar, hörscht fei glei auf! Was sollet au unsere Gäscht denke, wenn am Streuselkuche überall dr bloße Teig rausguckt?« Ich erinner' mich noch ganz gut daran, daß der Rücktransport der fertiggebackenen Kuchen von mir wesentlich geschicktere Fingerfertigkeit abverlangte. Beim Streuselkuchen und au beim Zwetschenkuchen war's einfach. Da hab' ich die entstandenen Lücken – so e bißle mit em Finger hin- und herschiebend – gut wieder zammebäppe können. Beim Käs'kuchen war's net so einfach! Weil sich über den so eine feine hellbraune Haut g'spannt hat. Und, ohne die zu zerstören, isch mr ja net amol mit em kloine Finger an dr Käs' komme! Und die Haut hat mr dann au net wieder glatt drüberschiebe könne! Des Löchle isch bliebe, wo ein verrate hat. Zugeben hab' ich es natürlich nie! Vor meiner Mutter vielleicht schon eher, aber die Tante Mechthild war ja immer dabei. Und hat halt g'sagt, mr derf des und des net – und lüge scho gar net. Und mir hat's eigentlich – ehrlich – auch immer ein bißle leid do, wenn ich stur und fescht g'sagt hab: »Ich war's net.« Ich hab' ja damals ehrlich sein w o l l e , aber net k ö n n e !

Da war nämlich noch ebbes: Beim Kuchenbacken – und beim Bratenrichten in der Küche – hat die Tante Mechthild mit meiner Mutter halt so g'schwätzt. Und ich hab dabei meine Ohren g'spitzt: »Also wenn die Sophie wieder mit so me verrückte, narrete Deckel kommt, dann sag' ich diesmal ihr ehrlich ins G'sicht nei, daß der Hut net zu ihr paßt! Und daß mr genau sieht, daß sie bloß den alte vom letzte Jahr hat umfacioniere lasse! – O, und die Lisa hat bestimmt wieder a neues Fähnele an! Mit noch größeren Blumen im Stoff! Aber diesmal sag' ich dere ehrlich, daß so große Blumen nicht vornehm sind und daß die sie noch dicker machet! Und dem Edgar geb' ich diesmal au eine drauf, wenn er wieder sagt, daß er für de Opa so gut sorge dät! Dabei gibt der Opa dene sei' ganze Rente – und s'Kanapee und 's Kredenz habet se au schon kassiert und sich dr Oma ihr Granat'brosch' und ihr Korallenkett' under dr Nagel g'risse.

Oh, was hab' ich mich damals gefreut auf einen Bombenkrach! Aber der fand nie statt. Denn, wenn dr Bsuch dann komme isch, hat die Tante Mechthild scheinheilig g'sagt:

»Sophie, was hascht au für einen schönen Hut auf! Was – umfacioniert Deinen Alten vom letzten Jahr – des sieht mr aber gar net! – Lisa, des Kleid steht Dir aber wirklich gut! Noi, grad die große Blume machen dich noch schlanker! Edgar, was bin ich froh, daß ihr Euch so nett um de Opa annehmt.«

Meiner Meinung nach – war alles verstunken und verlogen! Und des hab ich als kleiner Bua au mal der Tante Mechthild g'steckt. Von wege – mir immer sage – mr derf net lüge – und dann selber lüge – wie gedruckt...

Ich vergeß nie, wie sie sich damals geschickt aus der Bredullje zoge hat: »Oskarle, Du siehscht des halt noch ganz andersch. Guck, wenn ich der Tante Sophie ins G'sicht nei g'sagt hätt, daß sie in dem Hut wie eine Vogelscheuch aussieht, na hätt' ich ihr doch weh do. Und die Tante Lisa war doch so stolz auf ihr neues Kleid mit dene große Blume, wo sie noch dicker drin wirkt, wie sie isch ... Weischt Oskarle, immer ehrlich geht net. Manchmal dut's dem anderen weh und nimmt em sei Freud. Natürlich soll mr net lüge! Aber, ganz ehrlich kann mr au net immer sei. Taktgefühl muß mr habe, ond des isch schwer. Aber des lernsch Du in Deinem Leben auch noch«.

Hochgestochenes

»Wer im Frühling keine Luscht hat, sich von den Sonnenstrahlen verführen zu lassen, dem ischt oifach nicht zu helfen« – hat mei' Tante Mechthild früher immer g'sagt. Und ich weiß auch noch, daß mein Vater dann immer so grinst hat und wissen wollte, wie das wäre, wenn man von einem Sonnenstrahl »verführt« wird!?

Und wie er einmal gefragt hat, ob der Sonnenstrahl vielleicht einen Gamsbart am Hut und einen Lodenmantel trage dät, do isch mei Tante Mechthild aber bös worde. Und schließlich ist der mit dem Gamsbart und mit dem Lodenmantel sonntags mal mit auf den Familienwaldspaziergang zum Bärenschlössle – gedenk mir ewig. Mei' Tante Mechthild hab ich schier nimmer kennt. Scho, daß sie hochdeutsch geschwätzt hat und zu mir net g'sagt hat: Oskar, heb Deine Füß ond schlurf net wie so en Trampel..., sondern bloß immer: Mein lieber Junge!

Und der Dubbeler – so hat mein Vatter den Trialer g'heiße – der wollte mich auch noch an der Hand führen. Hat mir so hochgestochene Vorträg' halten wollen: Vom letzten, zornigen Aufbrausen des zur Flucht gezwungenen Winters und vom Triumphzug des köstlich, jungen Lenzes! Und vom stillen Seufzen der Kreatur und wie alles sich allerorten regt und rührt und keimet und knospet. Sanfte, blaue Augen des Frühlings, so hat er zu de Veigele g'sagt. Aber g'funde net ois. Und scho' gar koine Kaulquappe für mei' Sammlung! Des war vielleicht ein Leimsieder! Hat noch nicht einmal eine Blindschleiche von einer Kreuzotter unterscheiden können! Aber wenn mein Babbe mit mir einen prima Staudamm an so me kloine Waldbächle baut hat, hat der Hamballe seine Auge verdreht: Wir würden das sinnvolle Walten und Gestalten der Natur in Unordnung bringen! Also, diesen Lellebäppel hab' ich oifach net möge! Wie hab ich mi g'freut, als mei Vatter dann so e kloine Ringelnatter hinter den Stein g'setzt hat, auf dem der Simpel hat »ruhen« wollen, um die Stimmen der kleinen, gefiederten Sänger zu vernehmen! Grad wollte er meiner Tante Mechthild erklären, wie unendlich zärtlich sich die Buchfinken liebkosen, da hat er die Ringelnatter entdeckt und g'schrie: Eine Kreuzotter! »Beruhigen Sie sich« – hat mei Babbe g'sagt – »es handelt sich nur um eine Kobra, aber Krokodile sind schon im Anmarsch!« Also ich weiß noch wie heut, daß des damals kein arg schöner Frühlingsspaziergang war – heimzu's hat koiner mehr was g'schwätzt – und drhoim isch's dann losgange! Und wie ich – abends vorm Einschlafen mei Mamme g'fragt hab, was eigentlich en

»Schnalletreiber« wär, hat se g'sagt, sie wüßt's au net. Die Tante Mechthild hat no lang g'heult, ich glaub noch drei Tag lang – aber dann war's vorbei. Damals hab' ich die Zusammenhänge natürlich noch nicht so kapiert! Aber, immer wenn's Frühling wird, kommt's wieder! Da denk ich dann dran, wie mich damals mei Tante Mechthild an ihren Busen drückt hat: »Gell Oskarle, Du wirscht mir amol net so einer! Da vererb ich doch lieber amol Dir mei Sach, als so eme hochg'stochene Denger, der glaubt, er hätt' die Weisheit mit Löffel g'fresse.«

Der Held

Immer wenn ich in der Schweiz bin, fällt mir ein, wie »Tells Geschoß« mal schier den Allerwertesten von meiner Tante Mechthild troffe hätt. Irgendeiner von meine Spielkameraden war auf die Schnapsidee komme, daß mir mal die berühmte Szene aus Schillers »Wilhelm Tell« nachspiele könntet. Ich war dr Kloinschte, also habet die halt mir den Apfel auf dr Kopf g'legt. Sonst hätt' ich net mitmache dürfe. Angscht hab ich natürlich scho g'hett, aber als kleiner Bue kann mr des doch net zugebe. Und i hab au g'hofft, daß der Kuno mit seinem Pfeil drei Meter nebenaus schießt. Hatt er auch – zu meinem Glück. Bloß hat sich grad in dem Moment Tante Mechthild bückt, um im Garte Peterling für die Supp abzuschneide. Haarscharf isch dem Kuno sein Pfeil an ihrem – Hintere vorbeig'floge! Mir isch vor Schreck dr Apfel vom Kopf g'falle – und der Kuno hat au no g'schrie: »Das war Tells Geschoß.« Aber dann isch der nix wie ab, schneller wie sein Pfeil. Und Tante Mechthild hat vielleicht getobt. Den Kuno und die andere hat sie nimmer kriegt, aber mich: »A bißle domm isch a jeder« – hat se g'sagt – »aber so saudomm wie Du sonscht koiner! Hascht denn gar net dra denkt, was hätt' passiere könne? Der Pfeil von dem Malefizkerle hätt dir doch ins Auge gehen könne!« Ich hab dann was g'stottert von »net feig sei welle, mutig, tapfer, ein Held...«

Was sie mir dann g'sagt hat, hab ich bis heut net vergesse: »Tapfer, Oskarle, isch oiner, wo den Mut hat, die andere von einer Dummheit abzuhalte! Mut hätt's braucht, wenn du dene g'sagt hättescht, daß du Angscht hascht. Angscht habe isch nämlich koi Schand! Au die gröschte Helde habet Angscht, und setzet vor ällem ihre G'sondheit net auf's Spiel, wenn so e Großmaul sich wichtig tue will. Zum ›Noi-sage‹ g'hört oft viel mehr Mut als zum Mitmache. Des muscht Dir merke, Oskar!« Ich hab mir's gemerkt. Aber ich geb' zu: *Mut* – im Sinne von dr Tante Mechthild zu zeige – fällt mir oft heut noch schwer!

Dampfnudel-Philosophie

»Dampfnudle und a Vanillesößle.« O, mir lauft's Wasser im Mund zamme, wenn ich an die zarte Krüschtle von meiner Tante Mechthild denk! Ich mein, von ihre Dampfnudle. Inne dren süß – und onte salzig! So müsset Dampfnudle sein, und mei Tante Mechthild hat die prima nakriegt ... Sich aber au mal schwer in die Haar kriegt mit meinem Vatter, wegen de Dampfnudle. Da isch der doch, so mir nix, dir nix, in die Küch komme, hat gemeint, daß in dem schwarzen Eisetopf en Goulasch wär – hat sich e Bröckele Brot g'holt, zum in die Soß tunke – und *lupft* doch den *Deckel* von de Dampfnudle ... Einen Schrei hat sie losg'lasse, wie wenn's Haus eing'hagelt wär: »Müsset denn die Mannsbilder, wo in dr Küch überhaupt nix verlore habet, überall ihre Fenger dren habe, bloß weil se net wisset, was se mache sollet?!«

Die Dampfnudle waret natürlich »dätscht« – zammedätscht – in sich hinein versunken, um es auf Hochdeutsch zu sagen. Und mein Babbe war's au. Net weil der einen Mordsrespekt vor seiner Schwägerin ghett hat, sondern weil er auf ihre Dampfnudeln genau so scharf war wie ich. Lang nicht beruhigen hat sie sich könne und später, beim Essen von dem vergratene, Denger ihre Dampfnudel-Philosophie entwickelt: »Oskarle, Dampfnudle lernet eim s' Warte-könne! Dene kannsch koi Feuer onter dr Hentre mache. Na werdet se bloß schwarz, inne net gar und dr Teig geht net auf. Geduld muß mr habe beim Dampfnudlemache! Ahnen muß mr's, spüre, mit der Nas schmecke, wann's soweit isch ond mr dr Deckel lupfe derf – weisch Oskarle, Dampfnudle sind wie das Leben . . .«

Inhalt

Vorwort	5
Pietät	7
Ehrlich währt am längsten	14
Kultur und Kunscht	20
Aufklärung	27
»Trau schau wem«	33
Kein Mensch muß müssen	37
Somnambul	42
»Bis dahin und nicht weiter«	48
Die letzte Rose	51
Der Harzer Roller	55
Sommerschlußverkauf	58
Feierabend	61
Zu gut für diese Welt	64
Lieber arm als krank	67
In Sachen Sex	70
Schwach auf der Bruscht	72
Wohin mit dem Streß	75
Eine schöne Bescherung	78
Schneeballsystem	81
Platzkonzert	84
Verspreche ond Halte isch zweierlei	87
Stockfisch	90
Das Taktgefühl	93

Hochgestochenes	98
Der Held	101
Dampfnudel-Philosophie	103